La carne

Rosa Montero

La carne

ALFAGUARA

El papel utilizado para la impresión de este libro ha sido fabricado a partir de madera procedente de bosques y plantaciones gestionadas con los más altos estándares ambientales, garantizando una explotación de los recursos sostenible con el medio ambiente y beneficiosa para las personas. Por este motivo, Greenpeace acredita que este libro cumple los requisitos ambientales y sociales necesarios para ser considerado un libro «amigo de los bosques». El proyecto «Libros amigos de los bosques» promueve la conservación y el uso sostenible de los bosques, en especial de los Bosques Primarios, los últimos bosques vírgenes del planeta.

Primera edición: septiembre de 2016
Segunda edición: septiembre de 2016
Tercera edición: octubre de 2016
Cuarta edición: octubre de 2016
Quinta edición: noviembre de 2016
Sexta edición: noviembre de 2016

Printed in Spain – Impreso en España

ISBN: 978-84-204-2619-8
Depósito legal: B-11820-2016

Impreso en Limpergraf, Barberà del Vallès (Barcelona)

AL 26198

Penguin
Random House
Grupo Editorial

Para Isabel Oliart, por todo, de regalo en un cumpleaños muy redondo

La vida es un pequeño espacio de luz entre dos nostalgias: la de lo que aún no has vivido y la de lo que ya no vas a poder vivir. Y el momento justo de la acción es tan confuso, tan resbaladizo y tan efímero que lo desperdicias mirando con aturdimiento alrededor.

Esa madrugada de octubre, sin embargo, Soledad estaba mucho más furiosa que aturdida. Demasiada ira es como demasiado alcohol, produce una intoxicación que te hace perder lucidez y criterio. Las neuronas se funden, la razón se rinde a la obcecación y sólo cabe un pensamiento en la cabeza: venganza, venganza, venganza. Bueno, tal vez quepan un pensamiento y un sentimiento: venganza y dolor, venganza y mucho dolor.

Imposible pensar en acostarse en ese estado, aunque a las nueve de la mañana tenía una cita muy importante en la Biblioteca. Pero en esas condiciones de incendio mental la cama sólo agravaba la situación. La oscuridad de las noches estaba llena de monstruos, en efecto, como Soledad temía y sospechaba en la niñez; y los ogros se llamaban obsesiones. Soltó un suspiro que sonó como un rugido y volvió a pinchar en el enlace. La página se abrió de nuevo, un diseño elegante en gris y malva. Buscó la pestaña que decía «Galería» y entró. Aparecieron los tres primeros chicos en la pantalla; una foto de cada uno y una descripción sucinta, el nombre, la edad, la altura, el peso, el color de cabello y de ojos, la condición física. Atlética. Todos decían atlética, incluso aquellos que se veían un poco pasados de peso. En la primera foto casi todos estaban vestidos; pero si pinchabas en las imágenes salían dos o tres instantáneas más de cada hombre, por lo general alguna con el pecho descubierto y la cintura del pantalón más bien caída, dejando ver un tenso y tentador palmo de piel bajo el ombligo. Un par de ellos, más arriesgados, aparecían desnudos de cuerpo entero, aunque, eso sí, tumbados boca abajo y entre sombras, mostrando tan sólo la cúpula perfecta de las nalgas. En conjunto eran fotos bastante buenas, hechas con cierto gusto. Se notaba que se trataba de una página cara. ParaComplacerALaMujer.com. Eran escorts, gigolós. Prostitutos. El servicio mínimo, dos horas, costaba trescientos euros, hotel incluido. Las mujeres perdiendo, como siempre, rumió Soledad: los putos eran más caros que las putas.

Volvió a repasar la galería con cuidado. Había cuarenta y nueve hombres, la inmensa mayoría en la treintena, unos cuantos en la veintena, dos o tres de más de cuarenta años. Varios negros. No se podía decir que los chicos fueran feos; de hecho, casi todos respondían al patrón convencional de varón joven, fuerte y de facciones regulares. Pero, salvo uno o dos, no le gustaban. Los más guapos le parecían modelos de plástico, retocados y relamidos, sin expresión ni personalidad. Y a los menos agraciados les veía una tremenda cara de brutos. Claro que Soledad siempre había sido difícil de contentar: su deseo era exigente, tiquismiquis y tiránico. En cualquier caso, ahora ni siquiera tenía que desear al gigoló. Sólo estaba buscando a alguien con un aspecto arrebatador. Un acompañante espectacular que le hiciera sentir celos a Mario. O por lo menos, si no celos, que viera que ella se las arreglaba muy bien sin él. Imaginó por un instante la escena en la ópera. Por ejemplo: ella entrando en el Teatro Real acompañada por el bombón y coincidiendo con Mario y su mujer en el vestíbulo; y ella serena, liviana, impertérrita, dejando caer sobre su antiguo amante una ojeada helada y altiva; desde luego le iba a ser difícil mirar desde arriba a alguien que medía diez centímetros más que ella, pero, en su imaginación, Soledad conseguía cuadrar a la perfección esa geometría del desprecio. Y otro ejemplo: ella sentada en el patio de butacas, él incrustado aburridamente con su mujer dos filas más atrás: y Soledad dedicada por entero al chico guapísimo, toda sonrisas y luz en los ojos, la perfecta estampa de la felicidad. Le diría al escort que le pasara de cuando en cuando el brazo por los hombros, que mostrara cariño, todo muy sutil, sin darse ni siquiera un beso, la insinuación elegante de la carne escocía mucho más. ¡O por ejemplo! ¿Y si, al entrar o salir, se topaban de frente y no había más remedio que saludarse? ¿Y si, en su nerviosismo, Mario le presentaba a su esposa? A su esposa embarazada. Con una pequeña cosa en la barriga. Pequeña todavía, inapreciable en el perfil de esa mujer joven y quizá guapa, pero palpitando ahí dentro, esa pequeña cosa llena de vida aferrada con sus uñitas transparentes a la placenta o a las tumefactas paredes del útero o a donde demonios fuera que se agarraran las pequeñas cosas. Bien; si Mario la saludaba y le presentaba a la tal Daniela, Soledad sonreiría en la plenitud de la dicha y le presentaría a... ¿Rubén, Francis, Jorge? No había decidido todavía a qué gigoló contratar.

Repasó una vez más la galería. En realidad no le servía casi ninguno. Todos tenían un aspecto algo inadecuado. La mayoría eran un poco horteras, con pinta de guapos de discoteca o de animales de gimnasio. En fin, nada ajustado a lo que ella quería. Porque Mario era... Era tan atractivo, tan viril, con ese cuerpazo y esos ojos verdes. Informático, cuarenta años. Naturalmente elegante. Naturalmente inteligente. No demasiado culto, pero ansioso por saber. Una esponja. Por ejemplo, se había aficionado a la ópera con ella. Soledad había desarrollado su gusto musical. En el año y pico que estuvieron juntos, le regaló varios cedés, grabaciones memorables y exquisitas. Y ahora la traicionaba así. Con la otra. Con su mujer.

«Nick. 34 años. 1,87, pelo castaño, ojos azules, complexión atlética, habla español, inglés y catalán.»

Espléndidos pectorales y un abdomen suculento ofrecido a través de la camisa sin abotonar, pero ¿y esos ojos pequeños de mirada obtusa, ese tupé espantoso esculpido con un fijador tan fuerte que más que un arreglo capilar parecía un nido de golondrina?

Pero lo verdaderamente imperdonable, lo que había hecho que se le disparara la furia, era que se trataba de *Tristán e Isolda*. La primera vez que hicieron el amor fue en casa de Soledad, a media tarde (las relaciones con hombres casados siempre se consuman a horas extemporáneas, por la mañana, en el almuerzo, a la hora de la siesta, rara vez por las noches), y ella, por supuesto, había endulzado el encuentro poniendo música. El iPod funcionaba en modo aleatorio, y justo cuando Mario y Soledad estaban lanzándose al asalto final, justo cuando sus piernas se enredaban con una ansiedad casi dolorosa y al respirar se tragaban el aliento del otro; justo cuando en el propio pecho retumbaba el corazón del amante y los vientres eran húmedas ventosas, justo entonces, en fin, empezó a sonar el estremecedor canto de Isolda, su *Liebestod,* su muerte de amor, el aria final del tercer acto y de la ópera entera. Y Soledad al principio pensó: ah, qué desastre, esto no pega ahora, esto es demasiado grandioso, demasiado difícil, esto nos va a sacar de situación; pero lo pensó sólo durante medio segundo, porque estaba concentrada en sus sensaciones y en su piel, indistinguible ya de la piel del otro. Y entonces siguieron avanzando y hundiéndose cada vez más, siguieron galopando y ardiendo, y la música también ardió y avanzó, la música los acompañó en ese crescendo de furiosa belleza, y cuando todo estalló al mismo tiempo, la música y la carne, una supernova redujo a cenizas la habitación y destruyó el planeta.

Eones después, los supervivientes del apocalipsis empezaron a moverse cautelosamente. Mario alzó con esfuerzo la cabeza, sus ojos verdes tan oscuros que parecían negros, y preguntó en un sobrecogido susurro:

—¿Qué... era... eso... tan... impresionante?

Era la muerte de amor de Isolda, el primer fragmento de ópera que Mario escuchaba en su vida, al menos el primero que escuchaba con el corazón. Y le gustó. Puede que el lector opine que Wagner no parece lo más apropiado para un encuentro sexual, que es demasiado denso para la vertiginosa ligereza del deseo y demasiado sublime para la torridez grosera de los cuerpos y para el chapoteo de los humores; y debo reconocer que, como hemos visto, la propia Soledad temió que fuera así; pero ahora ella sostiene con energía frente al mundo (porque Soledad suele mantener intensas conversaciones con el mundo, a veces interiores y en ocasiones también en voz alta, es decir, habla sola) que este *Liebestod* es la música más majestuosamente erótica que pensarse pueda, y que, si no has hecho alguna vez el amor con Wagner, sin duda te estás perdiendo algo tremendo.

El caso es que la ruptura con Mario había sido difícil pero por otra parte comprensible. Como en todas las relaciones de Soledad, el final estuvo en el horizonte desde el primer momento. Se escribieron tiernas cartas de despedida, se dijeron lindezas, Soledad lloró mucho y se quiso morir durante algunos días. En fin, lo normal. Dos meses más tarde, Soledad se enteró de que Daniela estaba embarazada. Dolió. Sin duda por eso habían terminado. Pero tampoco fue algo sorprendente, Soledad lo sabía, sabía desde siempre que Mario quería tener hijos. No era nada nuevo, se repitió, intentando amansar a la fiera de su interior. Transcurrió otro desasosegado mes y se acercaron peligrosamente dos fechas fatídicas: su cumpleaños y la representación de *Tristán e Isolda* en el Teatro Real, para la que ella había sacado dos entradas hacía mucho tiempo. En un momento de debilidad, le envió un estúpido whatsapp a Mario: «¿Por lo menos me echas de menos alguna vez? Tengo entradas para *Tristán e Isolda* en el Real el día 2, pero no sé si reuniré fuerzas para ir». A lo que él contestó: «Yo también he sacado entradas para la ópera el día 2».

Fue como si le hubieran cortado la cabeza con un hacha. Un golpe fulminante de verdugo. Tras el primer agudo e inesperado dolor, un maremoto de furia la arrasó. ¿Ni siquiera eso le iba a quedar? ¿Ni siquiera esa música, que era el emblema más profundo de la intimidad que habían compartido, se libraría de ser manchada, herida, deglutida y acaparada por la futura parturienta? «Ah, vaya, ¿vas con Daniela? Pues nada, allí nos veremos», contestó. Y supo que le estaba arrojando el guante de un duelo.

Por consiguiente, desde aquel día Soledad no había hecho otra cosa que rumiar su rabia y preparar sus armas para el encuentro. Como no tenía un amigo lo bastante guapo con el que ir (en realidad, y haciendo honor a su nombre, Soledad tenía poquísimos amigos), decidió recurrir a un profesional. El escort sería su pistola. Una metáfora apropiadamente fálica.

«Adam. 32 años. 1,91, pelo negro, ojos color miel, complexión atlética, habla español, inglés y francés.»

Soledad suspiró. Éste sí, éste serviría. Si de verdad se iba a atrever a dar el paso, sería con él. Cuanto más lo miraba, más le gustaba. Con la curiosa coincidencia de que incluso se parecía bastante a Mario: la misma melena corta negra, un poco ondulada, abundante; el mismo rostro fino de labios delgados, pómulos marcados y mandíbula poderosa. Manos de dedos largos, maravillosas. Los ojos castaños, un color más vulgar que el verde de Mario, pero profundos, hermosos. Y esos hombros anchos y redondos, esa cintura breve, ese pecho depilado, terso como un tambor. Tenía un aspecto formidable de pianista romántico cruzado con musculoso trapecista. Una pinta elegante, interesante, un poco oscura. Era más guapo que Mario.

Bueno, tenía que decidirse, resopló. Estaba nerviosa. Pero tenía que decidirse porque el día de la ópera se le venía encima. Se imaginó acudiendo al Real con alguna conocida o incluso sola y se horrorizó. No. Eso nunca. En un arranque de audacia escribió al email que aparecía en la página: «Hola, estoy interesada en contratar a un acompañante para el próximo día 2. En concreto quisiera que fuera Adam. Necesitaría quedar con él a las 19.30 en el Café de Oriente, en la plaza de Oriente, para conocernos. De ahí iríamos al cercano Teatro Real a ver una ópera. La función dura 4 horas y 20 minutos con los descansos, así que saldríamos sobre las 00.30 como muy tarde. El trabajo acaba ahí y Adam puede irse. ¿Cuánto me costaría, por favor?». Tenía la esperanza de que, al ser una sesión en blanco, le redujeran algo el precio, pero la respuesta llegó a su bandeja con sorprendente celeridad, teniendo en cuenta que eran las tres de la mañana, y con correosa indiferencia a las circunstancias: «Buenas noches, creemos que no habrá problema pero debemos confirmar con Adam mañana. Por lo que dice son 5 horas, de modo que el precio serían 600 euros».

¡Seiscientos euros!, se espantó Soledad. Es ridículo, es absurdo, es una niñería, monologó en su interior la aburrida voz de la razón. Pero ya no podía parar, ya había cruzado la línea, ya se veía arrastrada por la inercia, por el ansia de venganza, por la curiosidad. Seiscientos euros. Muy bien, se lo regalaría a sí misma por su cumpleaños, se regalaría el gustazo de aparecer con ese cañón y lucirlo delante de Mario, de los vecinos de butaca, de los acomodadores y de todas las embarazadas del lugar.

El 1 de noviembre, justo la víspera de la representación de *Tristán e Isolda,* en el Día de Todos los Santos o de Todos los Muertos, qué apropiado, Soledad iba a cumplir sesenta años. Redondos y pesados como una sentencia.

Nadie muere en realidad de amor, pensó mientras tecleaba «de acuerdo». Sólo se muere de amor en las malditas óperas.

Aunque había que reconocer que algunas personas sí se mataban por amor, o al menos eso era lo que ellas mismas sostuvieron en sus cartas de despedida, se dijo Soledad mientras escuchaba sin escuchar a la arquitecta que le había tocado para la exposición, Marita Kemp, a la que acababa de conocer y por quien sintió una inmediata antipatía. Marita peroraba pomposamente diciendo lugares comunes y Soledad dibujaba nerviosos y repetitivos triángulos en su cuaderno de notas para combatir el tedio y el cansancio. Apenas había dormido un par de horas y había llegado a la Biblioteca Nacional con más de veinte minutos de retraso: era la primerísima reunión para dar el pistoletazo de salida de la muestra y la comisaria llegaba la última. Cuando una agitada secretaria la introdujo en la sala ya estaban todos: la arquitecta, el director de cultura, el director de exposiciones, la coordinadora ejecutiva, el encargado de comunicación, la directora de la Nacional, que era la única persona a la que Soledad conocía, y, por supuesto, el Eminente Personaje, el abogado Antonio Álvarez Arias, administrador del cuantioso Fondo Duque de Ruzafa, la donación que un aristócrata letraherido y fallecido sin hijos había hecho a la Biblioteca Nacional con el mandato de organizar una gran exposición de tema libre cada dos años. Todos sorbían café muy circunspectos y recibieron a Soledad con evidentes miradas de censura. Incluso la directora, Ana Santos Aramburo, que normalmente era un encanto y además su valedora, puesto que fue ella quien le ofreció el trabajo, exclamó al verla entrar: «¡Ya pensábamos que te había pasado algo!».

Y sí. Le había pasado algo. Le habían cortado la cabeza de un hachazo. Pero eso no se podía contar.

Marga Roësset, por ejemplo. Marga Roësset, poeta y excelente pintora y escultora, se pegó un tiro a los veinticuatro años porque estaba enamorada sin esperanzas de Juan Ramón Jiménez. O eso dijo en la carta que le dejó a Zenobia Camprubí, la esposa de Juan Ramón. Eso fue en 1932. El futuro Nobel tenía cincuenta y un años. Pero esa obsesión mortal ¿era de verdad amor? ¿Todos los amores eran obsesivos? ¿O quizá las obsesiones se disfrazaban con la apariencia del amor para parecer algo más bello que un simple desequilibrio mental?

—Aunque, si te soy sincera, no termino de entender muy bien cuál es la idea referencial en la que estamos trabajando.

—¿Cómo dices?

Soledad salió de su letargo aguijoneada por el énfasis de Marita Kemp. No había prestado verdadera atención a sus palabras, pero el tono resonó en sus oídos como una campanilla: arrogante y enojoso. Advirtió que se había inclinado un poco sobre la mesa hacia la arquitecta y se enderezó enseguida. Esa inclinación podía ser tomada por un signo de inseguridad.

—Digo que lo de la exposición de *Escritores malditos* suena muy bien, pero puede ser cualquier cosa. ¿A qué llamas tú escritor maldito? ¿Piensas utilizar un *approach* existencial, social, comercial, transversal? —insistió Kemp con pedantería.

¡Approach! ¡Había dicho *approach*!

—¿Has leído mi propuesta, Marita? Creí que os la habían pasado a todos —contestó Soledad, sintiéndose torpe y cansada.

—Sí, sí, todos la tienen, por supuesto —dijo el director de cultura.

—Pues ahí defino mi idea, me parece.

—Claro que la he leído, varias veces, pero sigo sin enterarme. Además, como no das nombres...

Soledad contuvo con dificultad su irritación:

—Estamos hablando de una exposición internacional... Contaremos con préstamos de otras bibliotecas. Mientras no sepamos qué materiales podemos conseguir, no habrá una lista definitiva de autores. De eso nos vamos a ocupar prioritariamente Bettina y yo —dijo, echando una ojeada cómplice a la coordinadora, que cabeceó con afabilidad.

—En efecto, Marita, esto es sólo una primera toma de contacto —contemporizó Santos Aramburo, la directora de la Biblioteca—. Estamos todavía en la fase de elaboración del proyecto. Quizá el error haya sido mío por convocar una reunión en una etapa tan temprana. Pero estoy tan entusiasmada con la idea que quería dar un empujón a esta pequeñísima bola de nieve para terminar provocando un alud, quería poner en marcha la sinergia. En realidad me encanta que estés tan llena de inquietudes, Marita. Ya veo que vas a ser como el Pepito Grillo del grupo, ahí vigilando para que no lleguemos tarde en nuestros compromisos, ¿verdad? —rio mirando con malicia a Soledad—. Pero todavía nos quedan veinte meses hasta la inauguración y mucho, muchísimo por definir.

—Sin embargo, yo comparto las inquietudes de Marita —dijo Álvarez Arias.

Menos la arquitecta, todo el mundo le miró consternado. Cuando el Eminente Personaje decía algo, los demás contenían el aliento.

—Ésta será la primera exposición organizada con el Fondo Duque de Ruzafa y tiene que ser perfecta. Tiene que ser un acontecimiento inolvidable —remachó el abogado.

Seguro que a Triple A le gustaba la arquitecta. Unos cuarenta años, melena larga castaña con mechas, minifalda, botas altas, nariz operada. Evidentemente niña bien, como casi todos en el mundo del arte. A los triunfadores de clase media como Álvarez Arias siempre les encantaban las niñas ricas.

—Por supuesto, Antonio. No te preocupes. Tengo muy clara la responsabilidad y también tengo muy clara la exposición —contestó Soledad—. Será memorable si es distinta, si es emocionante, si tiene sentido, si es auténtica. No sé si visteis la muestra *Arte y locura* que organicé en el Reina Sofía hace dos años...

—¡Maravillosa! Maravillosa. ¿La visteis? —interrumpió Santos Aramburo con su entusiasmo habitual—. Justo por ese comisariado hemos recurrido a Soledad Alegre para nuestra primera exposición Duque de Ruzafa. *Arte y locura* era, era... Me encantó ese concepto multidisciplinar, las piezas de arte con los informes médicos, con los textos literarios, con las imágenes filmadas, con la música, con los testimonios personales, con... ¡Era como un caleidoscopio! Y luego, ¡era tan narrativa! La narración unificaba todo y le daba sentido. Por eso pensamos en Soledad para hacer una muestra sobre el mundo de los libros, Antonio, porque su trabajo es muy literario.

—Muchas gracias, Ana —dijo Soledad con genuina gratitud—: Sí, creo que has señalado lo más importante, al menos para mí: el sentido, la narración... Lo que pretendo es ofrecer un mapa en mitad del caos.

—¿Entonces no va a ser una muestra polisémica? —insistió Marita, picoteando como una gallina fastidiosa.

Soledad la miró exasperada. Qué mujer más imbécil.

—¿Por qué dices eso?

—Bueno, vas a escoger y resaltar un significado en concreto, ¿no?

La directora de la Biblioteca cortó por lo sano:

—Bueno, amigos, yo tengo muchísimo que hacer y estoy segura de que vosotros también. Esta reunión era sólo una primera toma de contacto, el objetivo era conocernos todos y compartir la emoción de este proyecto ilusionante, y creo que ese fin está cumplido. Esta exposición es en muchos sentidos un reto para la Biblioteca. Va a ser la muestra más grande, más internacional y con mayor presupuesto de la historia de esta institución, y por ello estamos haciendo las cosas de manera distinta a como siempre se han hecho. Por ejemplo, solemos recurrir a una empresa para que nos haga el diseño de las salas, pero dada la envergadura de este trabajo hemos decidido contratar a Marita Kemp como arquitecta de la exposición.

Será nuestra primera colaboración y estoy encantada. Y también tenemos veinte meses, que es un plazo más generoso que lo habitual.

—*Arte y locura* me llevó tres años. Entre la elaboración del proyecto y la ejecución. Veinte meses no es tanto tiempo.

—Pero te saldrá fenomenal, Soledad, estoy segura —zanjó Ana con una sonrisa deslumbrante pero tan implacable como una tuneladora—. En fin, gracias a todos, y especialmente a ti, Antonio, de nuevo muchísimas gracias. Sin el generoso legado del Duque de Ruzafa nada de esto sería posible.

Todo el mundo se levantó en medio de una cacofonía de chirridos de sillas. De modo que Marita era nueva. Por eso se comportaba así. Por inseguridad. Además de por su estupidez intrínseca, desde luego.

—Ser maldito es saber que tu discurso no puede tener eco, porque no hay oídos que lleguen a entenderte. En esto se parece a la locura —soltó de repente Soledad—. Ser maldito es no coincidir con tu tiempo, con tu clase, con tu entorno, con tu lengua, con la cultura a la que se supone que perteneces. Ser maldito es desear ser como los demás pero no poder. Y querer que te quieran pero sólo producir miedo o quizá risa. Ser maldito es no soportar la vida y sobre todo no soportarte a ti mismo.

Todo el mundo estaba de pie, en silencio, mirándola. Seguramente estaban pensando: a qué viene ahora todo esto. Eso también era propio de los malditos. Provocar incomodidad con su mera presencia.

Ya sólo tenía puestos el sujetador y las bragas. Hacían juego, color verde mar, de encaje, preciosos. Soledad suspiró y, sin dejar de mirarse, desabrochó el brasier y se lo quitó. Lo tiró al suelo. Luego, lentamente, sacó una pierna de las bragas, las dejó caer hasta el otro tobillo y se desembarazó de ellas de una patada. Se irguió. Pechos redondos, pequeños, un poco caídos, como era lógico, pero aún bonitos. Cuerpo trabajado en el gimnasio. Todo natural. Sesenta años. Para tener sesenta años no estaba nada mal. Pero, claro, a partir de ese día era una maldita sexagenaria. Estiró un brazo y encendió la luz. El foco del vestidor se prendió sobre ella y todas sus carnes, antes aceptablemente tersas con la iluminación indirecta, parecieron desplomarse de repente como sometidas a una fuerza de gravedad 3G, mostrando ondas, hoyos, arrugas, desfallecimientos musculares. Se escrutó despacio en el espejo, sin compasión. El cuerpo es una cosa tremenda, dijo en voz alta, es decir, soliloquiando, que es una manera de loquear.

El cuerpo era una cosa tremenda, en efecto. La vejez y el deterioro se agazapaban de manera insidiosa y a menudo el interesado era el último en enterarse, como los cornudos del teatro clásico. Por ejemplo, a veces podías ver correr delante de ti en el Retiro a una treintañera con pantalones muy cortos, evidentemente satisfecha de sus muslos, que ignoraba que en realidad ya se le estaban llenando de celulitis, y que bajo la luz de ese sol feroz mostraban un aspecto bastante penoso.

Soledad corría con mallas, por supuesto.

Carne traidora, enemiga íntima que te hacía prisionera de su derrota. O prisionero, porque también los hombres se descubrían de repente, en el escorzo de un espejo, un cuello pellejudo de galápago, por ejemplo. Por no hablar de la próstata, o del pavor a no dar la talla en la lidia amorosa. La carne tirana esclavizaba a todos.

Apagó el foco. Tampoco era cosa de ser masoquista, sobre todo en el día en que cumplía los sesenta. Todavía estaba bien. Todavía estaba muy bien. Todo el mundo le echaba diez años menos. Trigueña natural, lo que era una bendición para disimular las canas. Ojos grises. 1,74. Complexión delgada. Sonrió, recordando las fichas de los gigolós. Adam. Faltaban menos de veinticuatro horas para conocerlo. Qué loca. De pronto le pareció que se estaba metiendo en un lío absurdo. *Tristán e Isolda.* Mario. Un sabor amargo le llenó la boca, el sabor de la pena y de la rabia.

De lo que no cabía la menor duda era de que el amor te envenenaba, te embrutecía, te hacía cometer todo tipo de tonterías y desmesuras. Ahí estaba William Burroughs, por ejemplo. En 1939, a los veinticinco años, ese icono de la generación *beat* se cortó una falange del meñique izquierdo con unas tijeras domésticas de deshuesar pollos. Estaba enamorado de un estafador adolescente y muy celoso que le pidió una prueba de su cariño. Y Will le entregó un pedazo de su carne. En las fotos últimas de Burroughs, ya convertido en un anciano sarmentoso, en un viejo insecto palo, se veía la ausencia clamorosa de esa falange. Soledad se preguntaba cuánto tiempo seguiría queriendo al niñato después de la mutilación. Cuánto tiempo hasta descubrir que no le interesaba en absoluto. Burroughs podía ser uno de los malditos, por supuesto. De hecho, había conseguido convertirse en un maldito tan obvio gracias al tiro con que, años después, reventó la cabeza de su mujer al jugar a Guillermo Tell con una pistola, que su celebridad la retraía de incluirlo en la exposición. Pero el de la falange era mucho menos conocido, y tal vez consiguiera que le prestaran el manuscrito de *The Finger*, el cuento que Burroughs escribió sobre la amputación. Tenía que decirle a Bettina que preguntara en la Biblioteca Pública de Nueva York, en la Universidad de Columbia y en la Biblioteca Green de Stanford, que era donde se conservaban los manuscritos de Burroughs, si no recordaba mal. Si lograban tener *The Finger*, Soledad podría construir una escena significativa centrada en el momento en que se arrancaba el dedo... Una escena que atrapara un pellizco del corazón de Burroughs. Soledad tenía la idea, aún en construcción, de articular la muestra en torno a escenas fundacionales de las vidas de los escritores. Buscar esos momentos que son el cráter de una existencia, el agujero mismo en el que hierve la lava, el instante en el que tus días se definen, porque, hagas lo que hagas, siempre vas a llevar eso contigo. Como la chillona ausencia de la falange de Burroughs y todo lo que eso significaba. Ese tajo bestial (¿cómo sonaría el hueso al descuajaringarse bajo los filos de las tijeras de cocina?) ya anunciaba el pistoletazo de Guillermo Tell.

Pero Soledad tenía otro mutilador de dedos meñiques que le gustaba mucho más: Ulrico von Liechtenstein, uno de los trovadores más importantes de su época, el siglo XIII, en pleno tiempo del amor cortés. Sin embargo los historiadores casi nunca hablaban de él, porque le consideraban un imbécil. ¿Hay maldición mayor que la de aspirar a la gloria y ser ridículo? Von Liechtenstein, enamorado perdidamente de su dama, a la que mantuvo en el anonimato durante toda su obra pero que al parecer era la bella Teodora Angelina, esposa del duque Leopoldo de Austria, se rebanó primero el labio superior, porque la duquesa había comentado que su forma no le gustaba, y más tarde se cortó el meñique izquierdo, lo hizo recubrir de oro por un orfebre y se lo mandó de regalo a la dama junto con un poema, para que le sirviera de puntero. Este pobre demente era por otra parte un buen guerrero y también intentó conquistar a la duquesa ganando fama en los combates singulares de las justas, de modo que recorrió Centroeuropa retando a cuanto caballero se le pusiera a tiro. Llamó a su periplo «el viaje de Venus» porque iba disfrazado de esta diosa del amor y de la belleza, con dos trenzas postizas enredadas de perlas colgando bajo el yelmo y una túnica de gasa con florecitas bordadas cubriendo la cota de malla. Todas estas estrafalarias peripecias se contaban en la obra más importante de Ulrico, *Frauendienst*, «Al servicio de la dama», que estaba en la Biblioteca Estatal de Baviera. Tenían que ser capaces de conseguirla. Vestido de mujer, combatió contra 577 caballeros; venció a 307 y fue derrotado por 270. Pese a todo este desenfreno motivado por la pasión, lo único que logró fue que la esquiva Teodora Angelina se burlara de él una y otra vez.

El amor te convertía en un ser patético.

Soledad nunca había vivido con nadie. Cuando quiso no pudo y luego no quiso. Había tenido, eso sí, muchos amantes. Mejor lejos. Mejor controlados. Que la pasión ardiera con un cortafuegos alrededor. Ella era de enamoramiento fácil. Más bien instantáneo. Incluso fulminante. Necesitaba estar enamorada. Amaba el amor, como decía San Agustín. Era una adicta a la pasión y, como buena adicta, sin eso no le interesaba vivir. Sesenta años. Se echó un último vistazo en el espejo y comenzó a ponerse el pijama. No era guapa: su nariz era larga y fina, su barbilla, picuda; de hecho, en su adolescencia y durante buena parte de su juventud se sintió rara y fea, demasiado alta, demasiado atlética, poco femenina. Con el tiempo, sin embargo, había llegado a comprender que su cuerpo era un buen cuerpo, que las otras mujeres se lo envidiaban, que su pequeño pecho resultaba sexy. Y además tenía unos bonitos ojos, tenía personalidad y estilo, y su atractivo había crecido con los años... hasta hacía muy poco. Porque Soledad intuía que ese atractivo había empezado a menguar recientemente, no sabía bien cuándo: ya está dicho que el propio interesado es el último en enterarse de los estragos. Sí, todavía estaba bien, todavía era capaz de incendiar la carne de alguien joven y hermoso como Mario, pero ¿cuánto duraría eso? Mario y ella habían roto cuatro meses atrás. A su edad, cada día era un desperdicio. A su edad estaba entrando ya en el tiempo de los perros: siete años por cada año humano. ¡¡Síííí!!, chilló Soledad en el silencio de la noche: cada doce meses del calendario que pasaban, para ella era como si se multiplicaran por siete, así de definitivos y de vertiginosos eran los cambios y las pérdidas.

Miedo.

La última vez que hizo el amor. ¿Y si no volvía a tener un amante? La gente casi nunca sabía cuándo era la última vez que hacía algo que le importaba. La última vez que subes a un monte. La última vez que esquías. La última vez que tienes un encuentro sexual. Porque a ese cuerpo mutante que de pronto se plisaba, se ablandaba, se cuarteaba, se desplomaba y se deformaba, a ese cuerpo traidor, en fin, no le bastaba con humillarte: además cometía la grosería suprema de matarte. Y así, cuando llegabas ya a esa edad, la edad de los perros, las posibilidades de malignidad de la carne se multiplicaban. Y un día te descubrías una llaga en la boca, un bultito en el cuello, una ceja más baja que la otra, un hematoma de nada en una pierna, y no te dabas cuenta de que esas nimiedades eran la tarjeta de visita del asesino, del silencioso criminal que te iba a ejecutar. Sí. Oh, sí. Quizá ya se hubiera acabado todo. Quizá moriría sin haber conocido de verdad el amor.

Decidió tomarse un Orfidal entero para dormir porque estaba segura de que en la cama le esperaba un tumulto de fantasmas: los malos pensamientos se le retorcían en la cabeza como un nido de víboras. Al día siguiente tendría que pasar por la difícil prueba de *Tristán e Isolda*. Más la santa trinidad de Mario, su mujer y el *nasciturus*. Y ese primer hombre de la Tierra que era Adam, el prostituto. Tal vez también ella estuviera a punto de hacer el ridículo.

Aunque Soledad se había pasado la mitad de su insomne noche decidiendo con maniática exactitud qué traje, qué zapatos, qué abrigo y qué bolso iba a llevar a la ópera, cuando llegó el momento de la verdad se vistió con ellos y se encontró feísima. Así que ahora llevaba más de una hora probándose modelos y empezaba a hacérsele tarde: menos mal que vivía al lado del Teatro Real. Rebuscó en los armarios; no tenía demasiada ropa, pero casi toda era buena, de corte más bien clásico aunque tendente al minimalismo y la vanguardia. Le gustaban los diseños geométricos porque casaban bien con su cuerpo anguloso y musculado; le encantaban los japoneses Miyake y Yamamoto, los alemanes Boss y Sander. Se consideraba una mujer con estilo y estaba especialmente orgullosa del hecho de que no se le notara su ascendencia humilde. Era una cuestión de elegancia natural, se ufanó; Mario también la tenía. Pero en los últimos meses algo estaba pasando entre ella y su ropa, entre ella y su manera de vestir, entre ella y... ella. Como si los trajes dentro de los que antes se había sentido perfecta no acabaran de encajar. Como si algo chirriara levemente.

Era la edad, por supuesto. Antes, esos trajes sobrios de líneas puras la hacían más sexy, pero ahora endurecían y secaban su aspecto. Ahora empezaba a parecer una monja seglar.

Rugió y se arrancó el Miyake blanco y gris con tal furia que perdió un botón. Quería estar guapísima. Quería estar arrebatadora. Quería estar perfecta. Que Mario la mirara y la añorara, siquiera por un momento.

Sonó, estridente, el timbre de la puerta. Lo que faltaba. Se puso el albornoz y fue a abrir.

—Ah. Hola. Perdón. M... me parece que vengo en un mal momento... —tartamudeó la recién llegada.

Era Ana, la joven periodista que vivía en la pequeña buhardilla del piso de arriba. De su mano colgaba su hijo, un crío ceñudo de cuatro o cinco años. Con qué cara he debido de abrir la puerta para que Ana se haya dado cuenta de que incordia, pensó; e hizo un esfuerzo por suavizar su humor. Pero no sirvió de mucho.

—No importa. ¿Qué quieres? —ladró.

—Perdona, no te molestaría si no fuera absolutamente necesario, ¿sabes? Es por Curro... Verás, es que... Es que me han cortado la luz y no puedo calentarle la cena al Curro y... me he preguntado si podría usar tu cocina un momento... —dijo mostrando la tartera de plástico que llevaba en la mano.

—¿Te han cortado la luz?

La chica se ruborizó.

—Sí, es que... Bueno, desde que cerraron *Noticias...*, la revista en la que yo colaboraba... Pues ando sin trabajo, la cosa está fatal, y además como no era fija tampoco cobro el paro, así que... Había que escoger entre pagar la hipoteca o la luz y pagué la hipoteca, claro, ja, ja, ja.

La risa sonó un poco demasiado aguda, demasiado histérica.

—¿Y qué vas a hacer? Y con este frío. ¿Cuánto debes de luz?

—Doscientos treinta euros. Creo que me los van a mandar mis padres. Además, ¡he escrito una novela y la he presentado a un premio de autores primerizos! Se falla dentro de unos meses y pagan cinco mil euros... ¡Y como soy una loca pienso que me lo van a dar, ja, ja, ja!

¡Una novela! Hasta el más imbécil escribía.

—Sí, claro. Pero pasad. Me estoy arreglando y tengo prisa. Te dejo sola. Tú haz lo que tengas que hacer.

Condujo a Ana y al crío hasta la cocina, incómodamente consciente de su buena, cálida y bonita casa, y volvió corriendo a su habitación a seguir probándose ropa. Con la misma desesperación que antes pero con cinco minutos menos y con un desagradable sentimiento de culpabilidad. Ella se iba a gastar seiscientos euros en una niñería, en una venganza inútil propia de una descerebrada adolescente, y a su vecina le cortaban la luz porque no tenía para pagar doscientos treinta euros. Sí, lo sabía, ¡lo sabía! Había mucha gente en España pasándolo muy mal. La crisis había dejado heridas muy hondas y por todas partes corría la sangre. Ella, en cambio, había estado muchos años cobrando un gran sueldo como directora de Triángulo, hasta que cerraron el centro cultural. Y ahora seguía ganando suficiente con sus críticas, las conferencias, los cursos y las exposiciones. Además le gustaba lo que hacía y, sorprendentemente, había conseguido labrarse un moderado prestigio como especialista en lo marginal, lo heterodoxo, lo raro y lo confuso. Cualquiera pensaría que ella tenía muchas cosas en su vida y que no había motivos para quejarse, y sí, en efecto, poseía muchas cosas pero no le servían de nada, porque sus carencias pesaban mucho más. Como una vez le dijo Miguel Mateu, el fundador de Triángulo, lo que importa no es lo que se tiene, sino lo que se añora. Por ejemplo, ella añoraba o incluso envidiaba muchas de las circunstancias de la vida de Ana. Para empezar, su edad. ¡Pero si debía de andar por los veintiocho o veintinueve años! Todo ese futuro lleno de promesas por delante. Y su hijo. ¡Y sus padres, incluso tenía padres! Y luego esa maldita novela. A Soledad le gustaba lo que hacía, pero hubiera dado un brazo por ser capaz de escribir ficción. Por haberse atrevido a hacerlo. Pero ya era tarde para eso, como para tantas otras cosas. Al día siguiente le dejaría un cheque por doscientos treinta euros a su vecina en el buzón. Y quizá también le dejara una tarjeta que dijera: «Sé consciente de lo que posees, no pierdas el tiempo, no te quejes, eres rica, eres tan rica en juventud y en futuro. Aprovecha porque un día te despertarás y serás vieja».

Y ser viejo era tener un pasado irremediable y carecer de tiempo para enmendarlo. Si Soledad no había vivido nunca con nadie era en realidad porque nunca nadie la había querido lo suficiente. Es decir, no la habían querido de la manera en que ella necesitaba ser querida. De la forma en que merecía ser amada. Y, a su edad, cada día era más improbable que eso sucediera. Toda la sociedad estaba emparejada; la gente normal no se daba cuenta de ello, pero en los espectáculos, en los restaurantes, en los lugares de vacaciones y en cada día festivo, el mundo se llenaba de parejas. Todos eran dos, más guapos o más feos, más viejos o más jóvenes, heterosexuales u homosexuales, con niños o sin niños, asquerosamente juntos por todas partes. Mientras que Soledad, haciendo honor a su nombre, siempre estaba sola. Claro que se apellidaba Alegre: qué disparate.

Y sin embargo, ¡tengo tanto para dar!, chilló Soledad; y a continuación fingió que cantaba, temerosa de que Ana hubiera oído su grito desde la cocina. Sí, tenía tanto para dar, el caudal de su cariño remansado, y los delicados pliegues de su sensibilidad, y su enorme necesidad de afecto, que era una bola de fuego que ardía en su pecho, consumiendo todo el oxígeno de su vida y amenazando con asfixiarla.

Moriría sin haber conocido el amor. Eso sí que era ser pobre, y no el hecho de no poder pagar un maldito recibo.

Entró en el café con diez minutos de retraso y lo reconoció enseguida; era el más alto y el más guapo. Estaba de perfil, acodado en la barra, distraído, sin mirar a la puerta, como si no le importara. Aunque, de todas formas, él ignoraba su aspecto, así que casi daba igual que vigilara la entrada o no. Sólo sabría que era ella cuando lo saludara. Que fue lo que hizo Soledad en ese momento, con el corazón un poco acelerado. Le tocó en el hombro para que se volviera:

—Eres Adam, ¿no? Supongo que lo digo bien, con el acento en la primera A...

—Sí, sí, Adam... Y tú eres Soledad...

Había dado su verdadero nombre y un apellido falso. Ancha sonrisa del chico, simpática, preciosa. Se inclinó y la besó con naturalidad en ambas mejillas.

—Encantado.

Chaqueta gris plomo, camisa azul, fina corbata de cuero, buenos mocasines, vaqueros oscuros. Tenía el pelo un poco más largo y más espeso que en las fotos: melena de león negro. Sin enseñar pecho también parecía más delgado. Más pianista y menos trapecista. Perfecto para la ópera.

Soledad había llegado tan tarde que apenas si disponían de tiempo para hablar.

—Te he contratado porque quiero que una persona me vea acompañada. Estaría bien que te mostraras cariñoso, pero no demasiado. Algo muy sutil, que dé la impresión de que te gusto, pero sin pasarse —le pidió.

—Será muy fácil hacerlo, no te preocupes —galanteó él. Hablaba muy bien el español pero tenía acento. ¿Alemán, quizá?

Salieron del café e inmediatamente se encontraron metidos en el remolino de gente que entraba al Real. Ya en el vestíbulo, Adam la ayudó a quitarse el abrigo con caballerosa atención. Soledad saludó a dos o tres personas de pasada y se detuvo a hablar un momento con Anichu Arambarri y Alberto Corazón, una comisaria de exposiciones y un famoso artista plástico a quienes conocía de sus años en Triángulo. Les presentó a Adam y vio la mirada apreciativa que Arambarri le lanzó. En realidad le miraba todo el mundo: casi todas las mujeres y bastantes hombres. Soledad se esponjó de orgullo: se sentía como Cenicienta al ser escogida la noche del gran baile por el príncipe. Ella, que casi siempre iba sola porque las relaciones con hombres casados eran clandestinas, ahora formaba parte del vastísimo universo de las parejas. ¡Y qué pareja, la suya! Era llamativamente guapo. El plan estaba saliendo muy bien; lástima que, por más que oteara con discreción, no consiguiera ver a Mario por ningún lado.

Transcurrieron el primer acto y el primer descanso sin novedades, con Adam representando su papel a la perfección. En el segundo acto, sin embargo, tuvo que darle un codazo porque se estaba quedando dormido. El chico se turbó graciosamente y juntó las manos pidiendo excusas; pese a su aspecto de músico solista, no debía de gustarle mucho Wagner. Llegó el último intermedio y tampoco vio a Mario. El gigoló se disculpó:

—Perdón por lo de antes. Casi no he dormido.

—No pasa nada. ¿Estuviste de juerga anoche? —dijo Soledad sin dejar de vigilar el vestíbulo, y se arrepintió enseguida de su pregunta: como si a ella le importara si salía o no.

—No. Me levanté muy pronto porque tenía que trabajar... Otro tipo de trabajo, no éste.

Estuvo a punto de preguntarle cuál, pero se contuvo. En vez de eso, dijo:

—De todas maneras, me parece que la ópera no es lo tuyo...

—No, lo que pasa es que no estoy acostumbrado a esta música... Pero aprendo muy rápido —contestó, y lanzó una sonrisa coqueta y deslumbrante.

Dos mujeres mayores y cargadas de joyas le miraron como lobas famélicas. ¿Serían así sus clientas? Soledad también lo observó, un poco a hurtadillas. Tremendamente seductor. ¡Y pensar que, por el dinero que iba a pagarle, podría acostarse con él! Por un momento se imaginó besando esa boca, pero arrancó la idea de su cabeza a toda velocidad. Incómoda, confusa.

—Además Wagner es bastante duro... Hay óperas más fáciles —dijo, mordiéndose la lengua para no añadir: ya te las enseñaré.

Por qué le gustarían tanto los hombres guapos. Por qué tendría esa maldita debilidad, esa fijación.

Y por qué no le gustaban los hombres de su edad. Quizá porque no quería reconocerse mayor, o quizá porque necesitaba vivir aún lo que no había conseguido vivir en su juventud. La tiranía de su deseo hacía que todo fuera más difícil. Envidiaba a los hombres, cosa que no le solía suceder, por la naturalidad con la que la sociedad aceptaba las parejas desiguales en edad, siempre que la menor fuera la chica. En realidad también había mucha atracción entre mujeres mayores y hombres más jóvenes, Soledad lo sabía bien; pero la mayoría de los varones se sentían incómodos ocupando públicamente ese lugar, temían ser vistos como unos anormales o unos oportunistas, y por lo general sólo daban rienda suelta a su deseo si era adúltero, si era clandestino. Sin riesgo de ser vistos. Como Mario. Que seguía sin aparecer por ningún lado.

Sonó el aviso del comienzo del último acto y ocuparon de nuevo sus butacas. Soledad estaba tan tensa y tan nerviosa que no había sido capaz de disfrutar de la función. Pero la representación era buenísima, el montaje excelente, los cantantes espléndidos, y el hermoso tercer acto empezó a apoderarse de ella. Cuando llegaron al aria final, el sobrecogedor *Liebestod* de Isolda, Soledad estaba tan atrapada, tan conmovida, que, para su horror, rompió a sollozar desconsoladamente. Intentó parar, pero no pudo. Todo el dolor de la vida le oprimía el pecho; era una pesada lápida, la tumba del futuro que soñó cuando tenía dieciocho años. Así que lloró y lloró, desesperada, rabiosa, consciente de que se le estaba corriendo el rímel y de que debía de tener una pinta horrible. Las ovaciones fueron amainando, las luces se encendieron y ella aún seguía con hipidos. Adam la miraba intrigado, quizá un poco asustado. Le pasó un brazo por los hombros mientras abandonaban la sala.

—¿Estás bien?

—Sí —moqueó Soledad—: Es que es tan bonito. Y tan triste.

Ya estaba empezando a recomponerse: por lo menos las lágrimas habían parado. Pero seguro que tenía la nariz roja, los ojos hinchados.

—Debo de estar espantosa...

—Estás igual de guapa, pero con cara de llorar. La gente va a creer que soy un maltratador.

¿Lo sería?, se inquietó por un instante Soledad, lanzándole una brevísima ojeada. La sonrisa del chico seguía pareciendo igual de adorable. Y en este momento, claro, justo en este momento, la ley de Murphy mostró una vez más su implacabilidad y, entre el tumulto de gente que salía del teatro, vio a Mario. Estaba a tan sólo dos o tres personas de distancia y el movimiento de la masa los arrastraba más o menos en paralelo. Mario la saludó con una sacudida de cabeza apenas perceptible; ella se lo quedó mirando, pero no contestó. Para eso tanto cambiarse de ropa, para eso tanto maquillarse, para que ahora la viera llorosa y con churretes. Al lado de su examante estaba Daniela, la esposa. Sí, tenía que ser ésa. Guapa, y ya se le notaba la barriga. Soledad se sintió resbalar de nuevo hacia las lágrimas, pero consiguió controlarse. Un golpe de suerte, o quizá una formidable intuición profesional, hizo que en ese justo instante el gigoló le pasara el brazo por los hombros con gesto natural y afectuoso. Vio la mirada de Mario, vio cómo inventariaba a Adam con rapidez y cómo se encendía en esos ojos algo parecido a un pequeño rescoldo de disgusto. Luego llegaron a la puerta y la pareja desapareció de su vista.

Cogieron por uno de los laterales del Real. Soledad pensaba acompañar al escort hasta el metro de Ópera y dejarlo ahí. No quería despedirse en la misma puerta del teatro, por si Mario los veía. Además tenía que pagarle. Llevaba los seiscientos euros en el bolso, en billetes de cincuenta y dentro de un sobre blanco. Le turbaba un poco el gesto, el hecho de tener que sacar el sobre y dárselo, pero suponía que a Adam no le incomodaría en absoluto. Dejando aparte lo de su cara llorosa, todo había salido bastante bien. Mario los había visto, y se había fijado en el chico, y desde luego no le había complacido su presencia, de eso Soledad estaba segura, lo conocía lo suficiente. Prueba superada y seiscientos euros bien invertidos. Pero si las cosas habían salido como ella quería, ¿por qué no se sentía más feliz?

Estaban ya en la calle Vergara y advirtió con desagrado que la tienda de los chinos seguía abierta y que la mujer estaba en la puerta, como a menudo hacía para fumarse un cigarrillo o para curiosear a los viandantes. Soledad solía comprar ahí casi todo, porque vivía muy cerca, comía poco en casa y le daba pereza ir al mercado. Los chinos, marido y mujer de indeterminada edad entre los cuarenta y los sesenta, debían de llevar media vida regentando su pequeñísima tienda de abastos, pero seguían sin ha-

44

blar español, cosa que compensaban con radiantes sonrisas y con una anticuada y enorme calculadora de mano en la que mostraban las cuentas. Lo malo era que se trataba de una pareja encantadora que cada vez que la veían la saludaban con un alegre «Talóóóó Soláááá», que debía de ser una versión con acento cantonés de «Hasta luego, Soledad». Y esa noche el saludo evidenciaría que eran conocidas y daría a entender al gigoló que ella vivía por los alrededores, una información que no deseaba proporcionarle en absoluto. Sin embargo ya estaban demasiado cerca, y cruzarse de acera o cambiar de dirección hubiera resultado chocante. Soledad intentó disimular y mirar hacia otro lado, como si estuviera distraída; pero, en cuanto llegaron a la altura de la puerta, la mujer se apresuró a saludar con solicitud:

—¡Talóóóó Soláááá!

No hubo tiempo para responder. Un chillido escalofriante, puro miedo y peligro, rasgó la noche y les hizo encogerse instintivamente sobre sí mismos. Todo fue rapidísimo; la puerta de cristal cubierta de pegatinas se abrió hacia la acera y apareció el chino tambaleante con la boca abierta a medio grito y los ojos vidriosos. Cayó sobre Adam, que, de manera refleja, lo sujetó en sus brazos. El hombre soltó un vómito de sangre que empapó el pecho del gigoló, y en ese mismo instante salió de la tienda un tipo barbudo con una navaja goteando en la mano. El mundo se detuvo, todos se miraron, sobre ellos cayó una especie de silencio blanco, un manto de estupor. Y luego, de golpe, el paroxismo.

Horas después, gracias a haberlo contado una y otra vez, Soledad pudo ordenar de una manera comprensible el aluvión de imágenes que la saturaron en un minuto. Porque eso fue lo que debió de durar toda la acción. El primero en moverse fue el agresor, que intentó salir huyendo pegado a la pared en dirección a la plaza. Pero entonces, sorpresivamente, Adam dejó caer al chino, que se desplomó a sus pies, y, doblando el espinazo, embistió el costado del tipo con la cabeza. Los dos hombres rodaron por el suelo, enredados con el cuerpo desmadejado del tendero, y a los pocos segundos Adam estaba sentado a horcajadas sobre el barbudo, agarrándole del cuello con una mano y atizándole con la otra feroces puñetazos en la sien. Un policía salido de repente de no se sabía dónde sujetó al gigoló por los hombros.

—¡Quieto! ¡Quieto!

Adam se detuvo, el rostro todo manchado de sangre, con ese gesto ausente y aturdido de quien sale de una vorágine de violencia. El asaltante había perdido el sentido. La china chillaba y lloraba con un balbuceo de palabras incomprensibles mientras intentaba taponar con la mano el tajo que su marido mostraba en la garganta. Aparecieron más policías, un revoloteo de curiosos, coches de luces parpadeantes y al poco un SAMUR: menos mal que estaban en pleno centro. Se llevaron a la víctima y al agresor, que ya había vuelto en sí, en dos ambulancias diferentes. La china se fue con su marido; necesitaban a un traductor para poder tomarle declaración. Adam y Soledad relataron a la policía lo sucedido. Costaba ordenar el vértigo de los hechos, poner las palabras.

—Conocemos bien a ese mierda. Es un yonqui. Peligroso cuando está con el mono. Asaltó hace unos años una farmacia en la calle Arenal. Lo hemos detenido ya un par de veces, pero ya ven, enseguida los ponen en la calle —gruñó el que debía de estar al mando—. Aunque esta vez quizá lo tenga más difícil. Porque la herida del chino me parece muy fea.

Soledad miró con incredulidad el charco negro de sangre en el suelo. Le castañetearon los dientes.

—¿Vive usted en la calle del Espejo, 12, 4.º B? —confirmó el agente que estaba copiando los datos de sus documentos de identidad.

Vaya. Y ella que no quería que se enterara el escort.

—Sí.

—Y usted... Adam Gelman... ¿En Virgen de Lourdes, 26, 1.º F?

—Sí.

—Muy bien. Pues ya está todo. Tengan —dijo el policía devolviéndoles los carnets—. Mañana tienen que ir ustedes a ratificar la declaración a la comisaría de Centro, en la calle Leganitos, 19. A cualquier hora a lo largo de la mañana, por favor.

—Está bien.

Los coches centelleantes empezaron a irse, aunque algunos vecinos seguían comentando el asunto en corrillos. Soledad advirtió que estaba temblando. Hacía frío. En la calle y en las tripas. Miró a Adam: tenía un aspecto terrible, todo cubierto de sangre. De repente sintió miedo y un desconsuelo infinito.

Le resultaba angustiosa la idea de caminar en la noche oscura hasta su portal.

—Estás todo manchado. Sube a casa, si quieres. Es aquí al lado. Podrás lavarte. Prepararé un café. O mejor una tila. O mejor un coñac.

El gigoló asintió con la cabeza. Echaron a andar hacia Espejo. En ParaComplacerALaMujer.com advertían repetidas veces que era mejor no recibir en casa a los «acompañantes» —siempre empleaban ese eufemismo—, sino utilizar un hotel para los encuentros. Y allí estaba ella, Soledad, metiendo a ese chico en su piso. Claro que, de todas formas, el escort ya sabía dónde vivía. O sea que daba igual.

En el ascensor, Adam se tocó el puño con gesto de dolor. Tenía los nudillos enrojecidos, hinchados, tumefactos. Esa mano martillo cayendo sobre la sien del tipo una y otra vez. Si el policía no lo hubiera detenido, podría haberlo matado. Soledad no le criticaba, al contrario, todo había sido tan rápido, tan violento, y el asaltante daba tanto miedo. Adam había sido muy valiente. Pero, por otra parte, ¿quién le mandó lanzarse contra el hombre? El tipo sólo quería huir. Y además llevaba una navaja. El suceso entero le producía náuseas.

—Tienes la mano fatal. Lo mismo te has roto algún hueso. A lo mejor deberíamos ir a urgencias.

—No. No es nada.

—Te pondré hielo.

Mientras el chico se lavaba, Soledad preparó tila y llevó a la sala una botella de coñac y otra de whisky. Se sirvió uno sin hielo para ella con pulso tembloroso y puso música. Ludovico Einaudi. Un piano limpio y tranquilizador. Ah, si ella pudiera ordenar el mundo, el caótico, abigarrado y aterrador mundo, de la misma manera que ordenaba sus exposiciones.

Adam salió del baño sin haber mejorado mucho. Con la limpieza de la cara y el cuello, las magulladuras habían quedado al descubierto. Tenía un feo golpe en un pómulo que probablemente se hincharía, y un corte superficial bajo la oreja izquierda.

—He tirado la corbata en tu basurero... En el cubo del baño... Está tan manchada que creo que está *beyond repair*. Que no tiene arreglo... Buf, ahora ya no me sale ni el español...

Se había quitado la chaqueta y llevaba la camisa medio abierta, aún teñida de sangre. Le sirvió una tila y le dio a escoger entre coñac y whisky. El escort se llenó media copa del primero y lo apuró de un trago.

—No te preocupes, hablas muy bien nuestro idioma. ¿De dónde eres?

—Soy ruso. Pero llevo ocho años en España.

—¿Ruso? Pues en la página de la agencia no mencionabas esa lengua... Sólo español, francés e inglés...

—Es que, si pones ruso, las clientas se asustan. La gente nos tiene miedo a los rusos.

—Pues a mí me lo acabas de confesar.

Adam sonrió. De nuevo ese gesto adorable y aniñado, irresistible.

—¡Después de lo que hemos pasado juntos! Además, está claro que tú eres una mujer de mundo. Tú sabes más que esos estereotipos.

—Vaya. Gracias.

Era halagador, pero lo cierto era que a ella también le daban un poco de miedo los rusos. Se preguntó si le hubiera escogido de saber su procedencia.

—Espera un momento. Voy a traer hielo para esos golpes.

Fue a la cocina, un poco mareada por el whisky, por la adrenalina del susto y por la presencia embriagadora de Adam. ¿Qué edad decía que tenía? ¿Treinta y dos? Sacó del congelador dos bolsas de gel que a veces utilizaba contra las migrañas y las envolvió con los paños de secar los cacharros. Regresó a la sala. La belleza del chico la impactó, como si no la hubiera visto en todo su esplendor hasta ahora. Se puso nerviosa.

—Toma, sujétate esto contra la mejilla con la mano buena y dame la otra.

El contacto con su piel le erizó el vello. Tenía una mano preciosa, incluso magullada. Le colocó la bolsa de gel alrededor de los nudillos con cuidado. Con tanto cuidado, de hecho, que sus movimientos parecían caricias. Cuando terminó de atar el paño levantó la cabeza: Adam la miraba con tal intensidad que parecía querer verle el interior del cráneo.

—Estás loco. Mira que lanzarte sobre él. ¡Llevaba una navaja! Podría haberte matado. Pero está muy bien que lo hayan cogido. Eres muy valiente. Y sabes pelear. Qué reflejos tan buenos. Me has dejado admirada —dijo, aturullada.

El hombre suspiró y depositó sobre el sofá la bolsa que se había estado poniendo en la cara. El pómulo herido le hacía más atractivo. A muchas mujeres les gustan los héroes un poco rotos.

50

—Soy de Niagan. Una pequeña ciudad en los Urales. Hace cincuenta años era un centro matadero. Imagínatelo. Ahora viven del petróleo y del gas. Bueno, en realidad soy de Janty, un pueblo al lado de Niagan. Ahí está el orfanato en el que me crie. Hay por ahí cientos de niños que nos llamamos Gelman, como el judío ucraniano que dirigía ese sitio. Era un lugar muy pobre. Como no había gente suficiente para cuidarnos, colgaban los biberones de un... ¿Cómo se llama? De una cuerda, no, ¡de un muelle!, eso, los colgaban de un muelle encima de nuestras cunas. Tenías que conseguir agarrarlo y metértelo en la boca o te morías. Así que no había más remedio que aprender a sobrevivir y desarrollar buenos reflejos.

—Suena terrible —musitó Soledad, sobrecogida.

—Sí. Supongo. Pero de niño, sabes, cuando no has conocido otra cosa, te crees que el mundo es así. No te parece tan terrible.

Estaban muy cerca. Soledad se había sentado en el sofá, junto a él, para colocarle la bolsa en la mano. Podía olerle. Un tufo metálico a sangre y, por debajo, el poderoso aroma de su carne. Un olor caliente, almizclado, masculino. Le miró sintiéndose pequeña y perdida. Esos ojos color caramelo ardiendo bajo las gruesas cejas, esa melena negra nimbando su rostro de piel blanca. Le deseaba, pero no debía. Se sentía caer fatalmente hacia él, pero era una locura. Y, sin embargo, podía. Era un gigoló, maldita sea. No tenía ni que preguntarse si él estaría dispuesto. Bastaba con que se inclinara y le comiera la boca. Sin embargo, Soledad era incapaz de moverse. Estaba paralizada. Abrasándose y convertida en piedra.

Entonces Adam alargó la mano y le pasó el canto del dedo índice por la mejilla. De arriba abajo, muy despacio. Después acarició con el pulgar sus labios y los entreabrió y metió el dedo dentro. El cuerpo de Soledad perdió el esqueleto de repente, toda ella se ablandó, se licuó, se deshizo. Ni un solo hueso le quedaba. El gigoló agarró su nuca con la mano abierta, esa mano que sujetaba poderosamente la cabeza de la mujer, y la atrajo hacia sí. Muy cerca ya, a punto de caer en su boca, Soledad se detuvo.

—¿Por qué me has contado lo del orfanato?

—¿Y por qué no?

No era la respuesta que esperaba. Ella, estúpida, quería también una caricia en el alma, no sólo en la cara. Quería que le dijera: porque te he sentido muy cerca. No era la respuesta adecuada, pero las compuertas ya estaban abiertas, la inundación era imparable. Probó la lengua y la saliva de Adam y sintió vértigo. Y empezó a desnudarlo con lentitud, a quitarle poco a poco la ropa ensangrentada, como en un bárbaro ritual de iniciación, una liturgia primitiva de muerte y de gozo, de sacrificio y sexo.

Adam se quedó dormido tras hacer el amor y Soledad estuvo escuchando durante un par de horas su respiración suave y tranquila. Ella, en cambio, estaba poseída por el demonio de las noches, por el ogro de la oscuridad, por un torbellino de pensamientos martilleantes. Al cabo no pudo más y se deslizó fuera de la cama con cuidado para no despertarlo. Encerrada en el baño, se miró en el espejo y se encontró espantosa, la pintura corrida, los ojos hinchados. Se desmaquilló, se lavó la cara con agua fría y volvió a maquillarse, muy suavemente, que pareciera que no llevaba nada. Qué malo era ser vieja. Ya no se atrevía a la completa desnudez de la piel.

Y, total, ¿para qué? ¿Por qué se estaba pintando? ¡Es un gigoló, por favor, Soledad!, se increpó en voz alta, y a continuación se tapó la boca, aterrada de que Adam la hubiera oído. Entreabrió la puerta una rendija: la respiración del chico seguía acompasada. Suspiró. Eran las seis de la mañana.

Salió del baño, se dirigió a su despacho y despertó el ordenador, que estaba en suspensión. Al encenderse, la pantalla mostró una foto de Philip K. Dick. Otro posible maldito. Entró en la web de ParaComplacerALaMujer y pulsó la pestaña de tarifas. Uno de los pensamientos que la torturaban era cómo hacer para pagarle. Los seiscientos euros hasta el final de la ópera estaban claros, pero ¿y lo de después?

Servicio Superior: 8 horas de compañía, 900 euros.

Servicio Good Morning, 12 horas de compañía, 1.200 euros.

Servicio Día y Noche, 24 horas de compañía, 1.500 euros.

Bien. Le había citado a las siete y media de la tarde, o sea que si le despertaba y le hacía irse antes de las siete y media de la mañana, estaría dentro del Good Morning. Soledad tenía las manos sudadas y la boca seca. Qué cosa tan resbaladiza, tan incómoda, ¿cómo se había podido meter en un lío así? Sólo quería que se fuera. Que se fuera que se fuera que se fuera.

No tenía dinero suficiente en casa y desde luego no quería darle un cheque. Fue de puntillas hasta el vestidor, se puso unos vaqueros, unas botas, un jersey y un plumas, y salió a sacar dinero de un cajero. En el ascensor se sintió dentro de un mal sueño y al salir del portal sufrió uno de esos breves momentos de extrañeza que a veces la acometían: durante un par de segundos no reconoció el entorno, su calle, su barrio. Bien hubiera podido estar en una colonia en el Marte de Philip K. Dick, o en alguna otra vida paralela. El corazón se le desbocó; luego, Madrid volvió a tomar forma ante sus ojos y se reconstruyeron las esquinas de siempre. Inspiró profundamente el aire helado intentando calmarse. Todavía era de noche y las calles estaban bastante vacías. Caminó hasta el cajero del BBVA sintiéndose frágil y desvalida. Por fortuna, el banco se encontraba en dirección opuesta a la tienda de los chinos, no hubiera soportado volver a ver esa mancha negra sobre la acera. Antes de meter la tarjeta miró hacia todas partes: la ciudad era un territorio oscuro y enemigo. Tecleó a toda prisa mientras el miedo engordaba dentro de ella. Recordó la figura del yonqui recortada a contraluz con el cuchillo goteando sangre en la mano y se le escapó un gemido. Los gorjeos de la máquina se le hicieron eternos: estaba a punto de tener un ataque de pánico. Por fin el cajero vomitó los billetes y Soledad salió disparada. Corrió todo lo deprisa que pudo hasta su portal; estaba tan nerviosa que tardó muchísimo en atinar con la cerradura. Subió en el deprimente ascensor con la respiración entrecortada. Estoy loca. Estoy loca.

Cuando abrió la puerta de su casa se encontró cara a cara con Adam. Estaba parado en mitad de la sala, mirándola con una expresión extraña que no supo descifrar.

—Te has ido —dijo el chico.

¿Era inquietud? ¿Sería quizá una expresión de susto? Seguía descalzo y desnudo, pero se había puesto los calzoncillos, unos bóxers de algodón azul marino. Sí, uno se sentía muy indefenso cuando estaba con el culo al aire.

—Ba... bajé a... a sacar dinero en el cajero. Para... pagarte.

Pinzó con dedos inseguros los seiscientos euros que acababa de recoger y luego buscó en su bolso el sobre blanco.

—He..., ejem, calculado que, como quedamos ayer a las siete y media, pues es la tarifa Good Morning, ¿no? O sea, mil doscientos euros, ¿no?

Adam la miraba y no contestaba. Soledad se estaba poniendo tan nerviosa que extrajo los billetes del sobre, los juntó con los que acababa de obtener y empezó a contarlos. Pero qué estoy haciendo, qué estoy haciendo, se dijo, abochornada. Se detuvo, sin saber muy bien cómo comportarse, con los euros temblando en la mano.

El chico echó una ojeada a su reloj.

—Son casi las siete. La tarifa de doce horas. Ya veo que quieres que me vaya corriendo —dijo con media sonrisa, más bien una mueca.

—No, no es eso, es... ¿Quieres desayunar?

—No, gracias —contestó Adam, y le cogió los billetes de las manos—. Good morning —añadió, alzando el dinero como si hiciera un brindis y con una sonrisa mucho más amplia—. Gracias. Voy a vestirme.

Soledad fue con él hasta la habitación y le observó mientras se ponía los vaqueros. Ese cuerpo espectacular, esa carne maravillosa que ella había olido y lamido y besado.

—No voy a volver a usar la camisa. Está tiesa. Tiesa de sangre seca. Qué horror. Tírala, por favor. Esto también tiene manchas, pero se nota menos —dijo, poniéndose la chaqueta sobre el torso desnudo—. Con la parka abrochada no se verá que estoy a medio vestir.

Soledad lo siguió como un perrito hasta la sala.

—¿De verdad que no quieres un café?

—De verdad, gracias.

Se inclinó hacia ella y le dio dos besos en las mejillas.

—Ha estado muy bien. Salvo lo del chino, claro. Si quieres algo, éstos son mis datos. Si me llamas a mí directamente no tengo que pagar a la página. Se quedan con la mitad sin hacer nada.

Soledad cogió el papel que le tendía. Era un pedazo de cartulina barata, una de esas tarjetas de visita de ínfima calidad que se hacen al momento en las tiendas de reprografía: ADAM GELMAN, ACOMPAÑANTE. Y un email y un teléfono.

—Ah, sí, claro —farfulló.

—¡Hasta la próxima! —sonrió el gigoló.

Y se fue. Soledad estaba tan paralizada que Adam tuvo que abrir y cerrar la puerta él mismo.

Permaneció cinco minutos quieta en mitad de la sala, sumida en una especie de trance o estupor. Como si de repente no supiera gestionar su vida. Como si hubiera olvidado el modo en que debía desempeñar las tareas más básicas, comer, moverse, trabajar.

Eran las siete de la mañana y no había pegado ojo. Eso también la tenía desbaratada. La sangre negra del chino. La muerte de amor de Isolda. El gigoló. Pensó: mejor me tomo un Valium y me echo a dormir. Una semana durmiendo. Un mes. Una vida.

Pero no, no, no. Estaba muy atrasada con la exposición. Tenía mucho que hacer. Basta de tonterías, soliloquió. Se preparó un café, cogió un par de galletas y fue a sentarse ante el ordenador.

Philip K. Dick también era huérfano, en cierto sentido. O peor que huérfano, porque, cuando era niño, el padre se marchó un día de casa y ya no volvió. Si desde que eres bebé estás en la inclusa, como Adam, siempre puedes tener la esperanza de que tus padres hayan muerto en un accidente. Esos padres que tanto te querían pero que de repente fueron arrollados por el expreso nocturno a Vladivostok. Sin embargo, el gesto de un padre que se va y que te abandona para siempre sólo puede entenderse de una maldita manera: le importas un pimiento, no te quiere, no eres digno de ser amado.

No fue ésa la única tormenta que atormentó a Dick: su vida fue difícil. Tenía una hermana melliza, Jane. La madre, novata, ignorante y desatendida por su marido, quemó a los bebés con la botella de agua caliente con la que quiso entibiar la cuna. Los llevaron al hospital y descubrieron que ambos estaban desnutridos, porque la madre no tenía suficiente leche para los dos. Jane murió a los cuarenta días de edad, más a causa del hambre que de las quemaduras. Dick siempre pensó que él había comido demasiado, que la había matado. Enterraron a la pequeña y marcaron la lápida con su nombre; pero además en la piedra estaban tallados el nombre de Philip y la fecha de su nacimiento, a la espera de que llegara el día en que se reuniera con su hermana. O sea que durante toda su vida le aguardó pacientemente su sepulcro, como la boca abierta de la Muerte. La Parca también tenía hambre.

Sí, Dick era un maldito perfecto para la exposición. Sería maravilloso que la Universidad del Estado de California les prestara su manuscrito de *¿Sueñan los androides con ovejas eléctricas?*, la novela en la que se inspiró la película *Blade Runner*... Pero Soledad no quería hacerse muchas ilusiones. Era un libro mítico y resultaría difícil de conseguir.

Y luego estaba, por supuesto, su esquizofrenia. En un congreso de ciencia ficción celebrado en Francia en 1977, Philip K. Dick subió al estrado y soltó esta bomba: «Voy a decirles algo muy serio, muy importante. Créanme, no estoy bromeando. Para mí, declarar algo así es una cosa terrible. Verán, muchas personas aseguran recordar sus vidas anteriores. Pero yo afirmo que puedo recordar una vida presente distinta». Soledad imaginó el pasmo de la audiencia, el escalofrío. Una mente brillante, un talento tan enorme, deslizándose en público hacia el abismo.

Al fin falleció de un infarto cerebral en 1982, a los cincuenta y tres años, y la anhelante boca de su tumba consiguió tragárselo. Ahí estarían ahora sus restos —grandes y pesados, porque Dick era más bien alto y desde luego gordo—, mezclados con los tenues huesecillos como de pollo de su hermana bebé, de esa Jane que había muerto para salvarlo.

Un momento, se dijo Soledad: ¿qué pasaba con los huesos de pollo, por qué esas palabras parecían despertar un borroso eco en su memoria?

Ah, sí. Las tijeras para deshuesar aves con las que Burroughs se amputó la falange de su dedo como prueba de amor para su amante jovencísimo, posesivo, chulo y peligroso.

Soledad recordó al gigoló. No fue su cabeza la que recordó, sino su cuerpo. Una febril y repentina memoria carnal le hizo sentirse de nuevo entre los musculosos brazos de Adam. En su calor y su poder y su embestida. En el mullido refugio de su pecho.

Al final, todo acababa por desembocar en el amor.

Y en el daño.

—Mira, perdona, Soledad, pero ésta es la típica llamada fastidiosa que no tengo más remedio que hacer. Esta chica, Marita, que como arquitecta de exposiciones por lo visto es buenísima, buenísima, pues no sé qué le ha dado, yo creo que está nerviosa porque lo quiere hacer muy bien o no sé, pero el caso es que me está volviendo loco a Triple A, cosa que, como puedes comprender, no queremos que ocurra. Entonces resulta que Antonio me ha escrito un par de veces dejando caer que no veía del todo clara la muestra, y esta tarde ya me ha llamado y me ha dicho que no entiende el concepto de la exposición y que Marita, que es un valor indiscutible y en alza y bla, bla, bla, le tiene comido el coco, chica, pues Antonio ha dicho que Marita tampoco lo ve. Y como no podemos permitirnos que nuestro benefactor se mosquee antes incluso de que empiece a ser nuestro benefactor, ja, ja, ja, le he prometido que tú le vas a enviar un documento en donde le explicarás más ampliamente tu idea...

—¡Pero, Ana, por Dios! Para eso ya está el proyecto.

—Sí, Soledad, querida, pero el proyecto, y en esto tienen algo de razón, es muy breve y queda un poco oscuro. Así que hazme y haznos a todos ese favor, Soledad. Escríbele un par de folios, dale algunos ejemplos, no sé, qué te voy a decir a ti, tú sabes mejor que nadie cómo hacerlo y lo harás estupendo. Te lo pido por favor.

Soledad, que era una misántropa modélica, detestaba hablar por teléfono y casi nunca cogía las llamadas, pero esta vez había descolgado porque vio que era la directora de la Biblioteca Nacional. Ahora se arrepentía de haberlo hecho. Aunque daba igual: Ana hubiera insistido como una termita hasta hablar con ella.

—Está bien. Lo haré. No te preocupes.

Colgó con el estómago encogido por un pellizco de pánico. «En esto tienen algo de razón, es muy breve y queda un poco oscuro.» Soledad no soportaba las críticas porque no soportaba el fracaso. Era una perfeccionista y el menor fallo suponía el principio del derrumbe, la llegada de la siempre temida catástrofe. El fracaso era un lobo hambriento que la había rondado desde la niñez, un lobo que merodeaba por el páramo de su vida y aguardaba su primer tropezón.

Y Soledad estaba tan cansada... En cambio, Marita era, como decía Triple A, un valor en alza. A los cuarenta que debía de tener, estaba en la plenitud. Ella, en cambio, había empezado a descender. O peor que eso: debía de estar ya en caída libre. Bastaba con ver que, aun siendo la comisaria de la muestra, la capitana del barco, era ella quien tenía que plegarse a las exigencias de Marita y de Álvarez Arias y escribir ese estúpido texto. ¿Y si ésta era la última exposición que le encargaban en su vida? La última vez que nadas en el mar. La última vez que bailas con alguien. La última vez que haces el amor. Su decadencia había empezado cuando perdió la dirección de Triángulo, es decir, cuando Miguel Mateu decidió cerrar el centro. Ese trabajo le había dado visibilidad social, influencia, un lugar. Pero ahora ¿qué tenía? Tal vez ya no le quedara nada por vivir. Sólo rodar como una bola de nieve cuesta abajo.

Además le daba miedo que se le acabara el dinero. La vejez era cara. Y la manutención de Dolores también, aunque contara con la pensión de invalidez. Por otra parte, casi todo lo que Soledad había ganado lo había invertido en su piso. Tenía algo ahorrado, pero tampoco era mucho.

Una razón más para olvidarse del gigoló.

Inspiró profundamente para intentar deshacer el nudo de angustia. Bien, escribiría la dichosa aclaración de una vez: Ana le había dicho que se la mandara a Triple A cuanto antes. El problema era que, como le solía ocurrir, había dormido fatal; ni drogándose conseguía más de cuatro o cinco horas de sueño, y esa noche ni eso. Eran las cinco y media de la tarde y sentía la cabeza pesada, entumecida. Aunque no era partidaria de las siestas, decidió intentar dormir una hora, a ver si se despejaba. Así que fue a su habitación, bajó la persiana hasta dejar el cuarto a oscuras y, tras quitarse los zapatos, se tumbó sobre la cama sin desnudarse.

Nada más apoyar la oreja sobre la almohada supo que algo iba mal, porque empezó a escuchar un claro campaneo dentro del oído, un tañido por cada latido del corazón, repetitivo y molesto. Levantó la cabeza y las campanadas se hicieron menos audibles, pero ahora que ya las había advertido siguió percibiéndolas por ahí dentro, en los flujos de su sangre, en el rítmico bombeo del corazón. Se dejó caer sobre la almohada y el tañido arreció, retumbando en el interior de su cráneo. Se asustó: pero qué estaba pasando, pero qué era esto. Le iba a dar un infarto cerebral, como a Philip K. Dick. A fin de cuentas, ella tenía siete años más que el autor norteamericano cuando murió. Dang dang dang, palpitaba ensordecedoramente la sangre en su cerebro, cada vez más deprisa, a medida que su corazón se aceleraba. Calma, calma, se exhortó Soledad: ya sabes que eres un poco hipocondríaca. Ya sabes que todas las semanas te parece descubrir un nuevo tumor. Pero no, no era hipocondríaca: sus padres habían muerto de cáncer, ¿cómo no tener miedo? Dang dang dang. Y ahora había que añadir el riesgo del accidente cerebrovascular.

Pensó: ¿y si me tomo un Valium? O un Orfidal. Para bajar la angustia. Pero claro, si se metía eso después de haber pasado la noche casi sin dormir, le iba a ser bastante difícil escribir el maldito texto. Y los dos próximos días los tenía llenos de compromisos. Una cita de trabajo con Bettina, una conferencia, una clase... O despachaba el texto ahora o Triple A tardaría demasiado en recibirlo.

Se levantó de la cama y, descalza, fue hasta la cocina envuelta en su campaneo y escudriñó el gran cajón de medicinas para ver qué encontraba. Al final decidió tomarse un betabloqueante: le bajaría las pulsaciones sin enturbiarle la cabeza, o eso esperaba. Regresó arrastrando los pies hasta el dormitorio y se volvió a tumbar. Contando los tañidos, que tocaban a muerto. Pero había hecho bien al tomarse el betabloqueante: los latidos se fueron atenuando. Quince minutos más tarde, ya sólo escuchaba un sordo chisporroteo parecido al morse. Quizá fueran los ácaros del colchón intentando comunicarse con ella. Tras quince minutos más de mensajes indescifrables, y perdida ya toda esperanza de dormir un poco, Soledad se levantó definitivamente. Eran las 18.40.

Cuando encendió el ordenador encontró un email de la página de citas. Lo abrió sobresaltada: «Buenos días, Soledad. Queríamos saber si todo fue bien el otro día en el encuentro con su acompañante. Un saludo».

No pudo evitar sentir cierta desilusión. Pero ¿qué demonios estabas esperando?, se dijo en voz alta, irritada.

«Todo perfecto, muchas gracias», tecleó.

«Nos alegra saberlo. Aquí nos tiene para cuando quiera. Un saludo», contestaron inmediatamente. Debían de tener a alguien atado como un galeote a la pantalla.

Soledad suspiró. El texto. Tenía que concentrarse en escribir el texto. Y ofrecer algunos ejemplos de malditos, como le había dicho Ana. Todavía estaba confeccionando la lista definitiva de los escritores, pero ya había algunos que tenía muy claros. Le hablaría a Triple A de Pedro Luis de Gálvez, que era el escritor maldito oficial de España. Pobre Gálvez, poeta de la bohemia de principios del siglo xx, plumilla de la época del hambre, que siempre hizo lo que no debía y que fue perseguido por una estrella negra. De él se dijo que iba por los cafés con su hijito muerto en una caja pidiendo para que le ayudaran a enterrarlo. Él negó la historia, seguramente con razón, pero sí es verdad que el entierro del niño lo tuvo que pagar otro escritor. Eran tiempos muy duros y a la bohemia le sonaban las tripas. En *La novela de un literato,* Cansinos Assens hablaba de cómo los autores revendían enseguida los libros dedicados que les regalaban los amigos para procurarse algo de comer: «¿No era ya famosa aquella frase del grave Antonio Machado al recibir *Sol de la tarde,* de Martínez Sierra: "Sol de la tarde, café de la noche"?». Gálvez, hijo de un general carlista feroz y muy religioso, fue enviado de adolescente a la fuerza a un seminario, del que se escapó. Luego entró por su voluntad en la Academia de Bellas Artes, pero lo expulsaron por su empeño en seducir a las modelos. Su padre lo metió en un correccional, un lugar cruel en donde se hizo anarquista y acabó de convertirse en un rebelde. Al salir del correccional le contrataron como actor en la Comedia de Madrid, pero su padre subió al escenario y le molió la espalda a bastonazos, cosa que provocó que también lo echaran del teatro. Mendigó, escribió, empezó a sablear a todo el mundo. Le detuvieron por injurias al rey y al Ejército y lo condenaron a seis años y seis meses. Tras salir de prisión, nueva condena a cuatro años y dos meses por un hurto de ciento setenta y cinco pesetas con cincuenta céntimos. Mucha cárcel parecía por tan poco delito, sobre todo teniendo en cuenta que se moría de hambre. En la Guerra Civil, anarquista como era y fantasmón, se pavoneó de haber matado a miles de fascistas. En realidad acogió clandestinamente en su casa a un escritor perseguido, ayudó a escapar a otros, intercedió para que no ejecutaran a un tercero. Al acabar la guerra le hicieron un juicio sumarísimo, tan rápido y tan irregular que no dio tiempo a que la gente a quien había salvado lo salvara. Fue fusilado en la cárcel de Porlier en abril de 1940. Tenía cincuenta y ocho años y murió por sus fanfarronadas. Por la invención literaria que había hecho de sí mismo. Desde luego, se ganó un lugar preferente entre los malditos. Y la escena que resumiría toda esa vida descabellada y dislocada sería, por supuesto, el pelotón de fusilamiento. ¿En qué momento habría descarrilado Gálvez? ¿Cuándo se cerró su destino de ese modo? ¿Al huir del seminario? ¿Al radicalizarse en el correccional? Aunque no: la culpa era del padre. Ese padre era insalvable. Había padres que eran la perdición.

El chino, Soledad se había informado, continuaba en estado muy grave, pero había esperanzas de que saliera adelante. ¿En qué momento se perdió el hombre que lo apuñaló? En el pasado de ese yonqui infame había un niño inocente, tal vez incluso amado. ¿Qué decisiones, qué elecciones lo llevaron a convertirse en esa fiera?

La mano magullada de Adam tras golpear al asaltante. Los nudillos hinchados. Las manos de Adam, la sana y la herida, descendiendo por la espalda desnuda de Soledad y atrayéndola hacia él, hasta fundir vientre contra vientre.

Llamaron a la puerta. Las ocho y media. Qué raro. Espió por la mirilla: Matilde, la conserje.

—Buenas tardes, doña Soledad, es que me voy a marchar ya y como no la he visto pasar, pues le traigo esta carta que ha dejado un chico hace un par de horas. Le he dicho que creía que estaba usted arriba, pero no ha querido subir.

Sintió un golpe de calor en la cara y frío en la nuca. La conserje la observaba con ladina fijeza de cotilla. Seguro que se me ha notado algo, pensó Soledad con irritación.

—Sí, gracias, Matilde, es una cosa de trabajo que estaba esperando.

Cerró la puerta y se apoyó en ella. Pero ¿para qué tenía que darle explicaciones? Así parecería aún más raro. Era una estúpida.

Resopló y regresó a su despacho con la carta en la mano. Era un sobre cuadrado de color crema, pequeño, como de felicitación navideña. Estaba cerrado y venía sin remite, sólo su nombre en el exterior. Soledad Alegre. Bolígrafo azul, letras mayúsculas. Se sentó y rasgó el sobre. Dentro, una cuartilla blanca doblada.

Hola Soledad, espero no ser inprudente, solo que la noche fue muy rara y muy intensa y he estado acordandome de ti, desde la opera hasta el atraco angustioso que vivimos juntos y luego lo demas, todo fue especial. Solo queria que lo supieras. Gracias.
Un beso,
Adam
PD: Espero que el chino no halla muerto.

Ni un solo acento y dos faltas de ortografía, «inprudente» y «halla». De manera que su magnífico español debía de ser de oído. Ni lo habría estudiado ni leería mucho.

¿Y para qué me manda esto?, se preguntó en voz alta.

Era una carta comercial. Lo único que quería era seguir dando cuerda a una buena clienta que se había gastado con él mil doscientos euros.

O no. Era una carta emocionada, turbada. Ni él mismo sabía muy bien por qué la escribía. Quizá ella le gustara. ¿Y por qué no? Soledad había encandilado a Mario, joven y guapo.

O quizá: era una carta *inprudente,* en efecto, muy *inprudente.* Una carta que daba un poco de miedo. Qué buscaba, qué esperaba conseguir al acercarse tanto.

Virgen de Lourdes, 26, 1.º F. Ella también sabía dónde vivía él. Se acordaba de cuando el policía lo dijo. Dejó la cuartilla sobre la mesa, se sentó ante el ordenador y tecleó la dirección en Google Maps. Cuando apareció la vista de satélite reconoció enseguida el lugar: era una de las feas casas-colmena del barrio de la Concepción. Una zona popular de Madrid y unos edificios masificados que el cineasta Pedro Almodóvar había hecho famosos en sus películas. No le extrañaba que viviera ahí, siendo como era un chico joven, extranjero y sin mucho dinero. Pero desde luego su modesto apartamento debía de distar bastante del bonito y elegante piso antiguo de Soledad. ¿Por qué había tenido que meterlo en su casa? Adam podía creer que ella tenía mucho dinero, cosa que no era cierta. Podía pensar que ella era una mina.

¿En qué momento se perdía un ser humano?

Pese a ser 9 de noviembre, ese domingo hacía un día templado y luminoso y el parque del Retiro estaba lleno. Cumpliendo la ley inexorable que Soledad conocía tan bien, todo eran parejas, por supuesto. Parejas solas o parejas con niños o parejas con perros. A veces, parejas con dos perros que a lo mejor también eran pareja. Como sin duda estaban emparejados los patos del estanque, y las tortugas, y las urracas vestidas de pingüino, blancas y negras, que siempre iban de dos en dos, *one for sorrow, two for joy,* como decía de ellas la famosa canción de cuna inglesa, ver una auguraba tristezas, ver dos anunciaba alegrías. Soledad era una maldita urraca solitaria entristecida y entristecedora.

Ahora no se le notaba tanto esa cualidad de urraca única, porque iba con las mallas puestas, las zapatillas de deporte y corriendo. Había otros corredores que también parecían ir por su cuenta, pero convenía no fiarse demasiado; a menudo se veía a hombres que iban sueltos, corriendo o sin correr, hombres que no estaban mal; pero cuatro pasos más allá siempre aparecía revoloteando la mujer, cuidando de un niño, de un perro, de un anciano, o quizá entretenida en algo, esa maldita esposa que siempre andaba cerca, igual que sucedía con las urracas, que de cuando en cuando sólo veías una pero luego en-

71

seguida aterrizaba a su lado otro pajarito de pechuga esponjosa y palpitante. Soledad a veces pensaba que los hombres debían de ser genéticamente incapaces de estar solos. *One for sorrow.*

Apretó los dientes y aceleró el paso. Estaba demasiado inquieta, demasiado ansiosa. Quería agotarse, sudar, castigar a ese cuerpo que la tiranizaba. Añoraba a Adam. Lo echaba de menos con una agudeza que le erizaba la piel. Al principio, justo después de aquella extraña noche de la ópera, en Soledad predominó la turbación. Al principio estaba decidida a no volver a verlo. Pero a medida que iban pasando los días fue creciendo en ella una especie de hueco, una sensación de hambre o de asfixia, la desoladora certeza de estar incompleta. Con el tiempo había empezado a encenderse en su cabeza la locura del amor, del deseo de amor. Sin eso, sin esa llama iluminando los días, su vida le parecía vacía, tediosa e insensata.

¡Para!, gritó de repente, y un corredor que venía en dirección contraria la miró sorprendido y aminoró el paso, como dudando si debía detenerse. Soledad se apresuró a soltar sonoras onomatopeyas más o menos rítmicas para fingir que estaba cantando, ¡pará, pará, paraaaaaa!, y el tipo continuó su camino, aunque observándola con cierta extrañeza. Para, para de una vez, se repitió Soledad, ahora mentalmente y apretando los labios; deja de pensar en el escort. Piensa en otra cosa. En tu maldito trabajo. A ella siempre se le había dado muy bien reflexionar cuando corría, el cerebro parecía marcharle a la misma velocidad que los pies, así que ahora, mientras trotaba por el perímetro del parque, intentó concentrarse en la exposición.

A Soledad se le había ocurrido la loca idea de que la muestra se desplegara con una estructura más o menos en espiral; cada personaje ocuparía su lugar, tendría un escenario diferenciado, y el visitante avanzaría por la exposición, se iría introduciendo cada vez más profundamente en el mundo paralelo del malditismo, en la extrañeza, por otra parte tan humana, de los personajes. Sería un viaje a los extremos del ser, un viaje que sólo se consigue hacer si uno baja muy al fondo de uno mismo. Por eso quería que esta idea tuviera también una traducción espacial; que los espectadores sintieran que iban entrando poco a poco en un sanctasanctórum. Pero, claro, las espirales planteaban infinitos problemas técnicos, requerían una sala inmensa, desperdiciaban mucho espacio y dificultaban el flujo circulatorio: ¿por dónde saldrían los visitantes una vez que llegaran a la cámara central? Marita debería ser capaz de traducir sus ideas a un formato tridimensional, pero Soledad se temía que iba a ser imposible entenderse con ella.

El entendimiento. Eso era lo que había estallado entre ellos. Ése era el anzuelo que la había dejado enganchada. Adam era muy guapo y tenía un cuerpo descomunal, pero no era eso lo que la había seducido. No era más experto ni más fogoso que otros: Mario era tan bueno en la cama como él. De hecho, el gigoló le había confesado que ella era tan sólo su quinta clienta, que acababa de empezar en el oficio. No; lo que la había dejado impactada era la pasión del chico. La emocionante sensación de que Adam se había entregado a ella, de que de verdad la necesitaba. Más que añorar un amante, Soledad añoraba un amado.

Alcanzó el punto final del recorrido que se había propuesto y, bajando la velocidad, trotó como siempre hacia la fuente. Unas cinco o seis adolescentes con patines reían y bebían armando una feliz escandalera. Sentado en el banco de al lado había un hombre mayor con la descarnada delgadez del alcoholismo, gorra de marinero calada hasta las cejas, ojos bizcos y una risueña sonrisa en la que faltaban varias piezas.

—¡Guapas todas! ¡Preciosas! ¡Sois todas divinas! —les decía con arrobo a las muchachas.

No resultaba ofensivo sino conmovedor, con su inocente expresión de borrachito. Mientras esperaba turno, Soledad observó a las patinadoras: no eran en realidad guapas, antes al contrario; eran más bien informes y mostraban ese aspecto desabrido de las adolescentes que no se acaban de querer. Pero para el borrachito eran huríes. Miró con más atención al hombre, tan menudo como un gnomo y con esa sonrisa aniñada y absurdamente coqueta, y pensó: él también busca el amor. Pobre, feo, viejo, desdentado y borracho, busca el amor como todo el mundo.

Sacó el móvil del bolsillo de su sudadera y escribió un whatsapp: «Hola, Adam, soy Soledad. Estaba pensando en volver a verte. ¿Cómo tienes esta semana?».

Lo leyó. Lo releyó. Lo borró. Lo volvió a escribir. Lo mandó.

No era verdad que no fuera importante para ella lo guapo que era Adam, su cuerpo poderoso que rozaba el milagro. Ya estaba volviendo a contarse un estúpido cuento de hadas. Por desgracia, a Soledad sólo le gustaban guapos. A veces veía por la calle parejas de risiones haciéndose arrumacos. Tipos culicaídos y asquerosamente barrigones que eran contemplados por sus novias con embeleso, o bien horrorosas gigantas de gelatinosas patas a las que se adherían diminutos novios amantísimos, como rémoras pegadas al lomo de un cetáceo. Soledad los envidiaba. Es decir, envidiaba su capacidad de resignación.

El móvil vibró. Ya había respuesta: «Que alegria tu mensaje. Estoy deseando verte. Cuando quieras».

Una de las cosas más ridículas que la edad conlleva es la cantidad de trucos, potingues y ortopedias con los que intentamos combatir el deterioro: el cuerpo se nos va llenando de alifafes y la vida, de complicaciones.

Eso se ve claramente en los viajes: de joven eres capaz de recorrer el mundo con apenas un cepillo de dientes y una muda, mientras que, cuando te adentras en la edad madura, tienes que ir añadiendo a la maleta infinidad de cosas. Por ejemplo: lentillas, líquidos para limpiar las lentillas, gafas graduadas de repuesto y otro par de gafas para leer; ampollas de suero fisiológico porque casi siempre tienes los ojos enrojecidos; pasta de dientes especial y colutorio contra la gingivitis, más hilo encerado y cepillitos interdentales, porque los tres o cuatro implantes que te han puesto exigen cuidados constantes; una crema contra la psoriasis o contra la rosácea o contra los hongos o contra los eczemas o cualquier otra de esas calamidades cutáneas que siempre se van desarrollando con la edad; champú especial anticaspa, antigrasa, antisequedad, anticaída; tinte porque las canas han colonizado tu cabeza; ampollas contra la alopecia; cremas hidratantes, seas hombre o mujer; cremas nutritivas, alisantes, antiflaccidez, más para ellas, pero también para algunos varones; lociones antimanchas; protector solar total porque ya te ha dado todo el sol que puedes soportar en veinte vidas; ungüentos anticelulíticos, esto en las mujeres; podaderas de los vellos nasales y auriculares, esto en los hombres; férulas de descarga para la noche, porque el estrés hace chirriar los dientes; tiritas nasales adhesivas, molestas y totalmente inútiles, para atenuar los ronquidos; píldoras de melatonina, Orfidal, Valium o cualquier otro fármaco contra el insomnio y la ansiedad; con un poco de mala suerte, pomada antihemorroides para lo evidente y/o laxantes contra el estreñimiento contumaz; vitamina C para todo; ibuprofeno y paracetamol para la inacabable diversidad de molestias que van parasitando el cuerpo; omeprazol para las gastritis; Alka-Seltzer y más omeprazol para las resacas, que uno va perdiendo resistencia; suplementos de soja porque la menopausia baja las hormonas; con otro poco de mala suerte, las píldoras del colesterol, de la tensión, de la próstata. Y así sucesivamente, en suma. Una pesada carga.

Pero a fin de cuentas la existencia misma es un viaje, así que no hace falta tener que coger un coche o un avión ni trasladarse a otra ciudad para ser rehén de toda esa parafernalia protésica. Eso pensaba Soledad esa tarde, mientras se preparaba para la segunda cita con Adam. A cierta edad, plantearse hacer el amor con alguien exigía una planificación y una intendencia tan rigurosas como la campaña de África del general Montgomery. Y así, lo primero que hizo Soledad fue probarse medio ropero, tanto ropa interior como exterior, y evaluar su aspecto por delante y por detrás con ayuda de un espejito de mano para verse la espalda. Ese juego de sujetador y braga color fuego tan bonito ¿no le sacaba por desgracia una antiestética molla en la cadera? Se quitó y se puso, se vistió y desvistió, mientras a su alrededor iba creciendo una rebaba de prendas descartadas, como las cenefas de algas en la playa. Terminó poniéndose el conjunto de lencería de encaje verde y, por encima, una camisa de seda verde musgo, el pantalón gris perla de corte perfecto y los botines Farrutx de medio tacón. Una vez aprobada la elección de las prendas, volvió a desnudarse íntegramente y se metió en la ducha. Se lavó el cabello y lo untó bien de crema acondicionadora; luego pasó largos minutos entregada a una minuciosa limpieza corporal con especial ahínco en orificios; comprobó que no quedaban rastros de la crema hidratante vaginal que se había puesto la noche anterior y, a continuación, se recortó el vello del pubis, primero con tijeras y después con crema de afeitar y una cuchilla. Se hizo sangre; escocía. Salió de la ducha chorreando para mirarse en el espejo y verificar si había dibujado bien la línea velluda. Pues no: lo había hecho mal y su pubis parecía estar torcido. De nuevo bajo la regadera, rasuró un poco más y se cortó otra vez. Blasfemó. Al cabo logró que aquello mostrara una apariencia pilosa más o menos aceptable, aunque tenía tres rasguños que no paraban de sangrar. Salió de la ducha, se secó y colocó pedacitos de papel higiénico sobre las heridas, mientras se cortaba las uñas de los pies y de las manos y repasaba la laca color guinda. Permaneció sentada sobre la tapa del retrete, desnuda, mojada y helada, mientras las uñas se secaban.

Los cortes del pubis ardían. A continuación, se depiló las cejas, se puso las lentillas, se dio una loción reafirmante en las piernas, en los brazos; se aplicó sus carísimas cremas en párpados, cara y cuello. Se secó el cabello con el secador; como no le terminaba de gustar la onda que había quedado en el lado izquierdo, lo empapó de nuevo en el lavabo y lo volvió a secar. Escrutó con desconfianza la raya del pelo en el espejo y, aunque con su color trigueño apenas se notaban las canas, decidió utilizar un lápiz de color que camuflaba las raíces. Luego se maquilló con esmero, procurando un efecto natural y liviano. Hizo repetidos buches y algún gargarismo con un colutorio para asegurarse un aliento fresco. Comprobó que los cortes del pubis ya no sangraban, arrancó los papelitos y se vistió con el conjunto de lencería verde, la camisa de seda, el pantalón gris. Descalza, fue a colocar su dormitorio. Necesitaba una luz tenue e indirecta que favoreciera el aspecto de su carne, de manera que pasó media hora llevando al cuarto todas las lámparas que tenía en la casa y probando diferentes combinaciones: colocadas sobre la mesilla, en el suelo, cubiertas con un pañuelo. Al final decidió devolver todas las lámparas a sus emplazamientos originales, dejar encendida la luz del pasillo e iluminar el cuarto sólo con cuatro velas. Escoger las cuatro velas, y los platitos sobre los que ponerlas, le llevó otro rato. El asunto de la música también tomó su tiempo: ¿pondría la base redonda, en la que sólo funcionaba el iPod? ¿O quizá el altavoz inalámbrico, que tenía la ventaja de poder conectarse con el iPhone, en donde Soledad guardaba su música preferida? Pero, claro, la conexión inalámbrica era más complicada, habría que parar de besarse y concentrarse en la manipulación del aparato unos minutos. Escogió el iPod y seleccionó el modo aleatorio. Luego fue corriendo al vestidor y trajo un batín corto japonés para ponerse por encima cuando tuviera que levantarse de la cama; era favorecedor y muy bonito, y lo colocó sobre la silla con estudiado descuido, como si lo hubiera dejado ahí casualmente. En ese momento, y tras la pequeña carrera, tuvo que reconocer con horror que le escocía un poco el sexo. Sin duda había dejado los vellos del pubis demasiado cortos y así, tan tiesos, le estaban irritando la delicada mucosa. Volvió al cuarto de baño y se bajó los pantalones y las bragas, sin saber muy bien qué hacer. Decidió untarse crema hidratante vaginal; pero luego le entró una horrible sospecha y probó una pizca de la crema con la punta de la lengua. Sabía espantosamente mal. No tuvo más remedio que desnudarse entera y volver a ducharse, intentando que no se le mojara la cabeza ni se le corriera el maquillaje. Iba muy retrasada: Adam debía de estar a punto de llegar. Se aterró, hecha un manojo de nervios. Tras secarse de forma somera con la toalla, un súbito capricho le hizo cambiar el sujetador y la braga verdes por el conjunto gris perla. Aunque, en realidad, ¿para qué tanto pensarse la ropa interior, si lo primero que hacían los hombres era desnudarte? De nuevo vestida y con los bajos escocidos sin solución, Soledad se miró al espejo y se encontró bastante guapa. Y también ridícula. ¡Pero si es un escort, un gigoló, maldita sea! ¿A qué viene perder la cabeza y arreglarse tanto?, se gritó, exasperada. Había chillado tan fuerte que temió que se hubiera enterado todo el vecindario. Sonó el timbre del portero automático: Adam. Claro que era mucho peor y mucho más ridículo, pensó Soledad mientras escondía a manotazos los gurruños de ropa sobrante en el armario, era mucho peor e incluso patético ejecutar todas esas payasadas, colocar las luces, limpiar los orificios y recortar los bajos, en la vana esperanza de hacer el amor con alguien, y luego regresar sola y frustrada a casa. Por lo menos, con un prostituto eso no pasaba. Lo cual, bien mirado, era un alivio.

21 de noviembre, viernes

A. vive solo, a juzgar por el buzón de correos y por sus movimientos. Desde que empecé la vigilancia, hace cuatro días, siempre ha salido entre ocho y nueve de la mañana (8.42, 8.17, 8.37, 8.51), con el paso apresurado de quien llega tarde, en una ocasión incluso corriendo (8.51). Su destino era un pequeño taller eléctrico situado en Virgen del Portillo, 17, a cuatro calles de su casa. El cartel pintado que cuelga sobre la puerta del taller dice: Manolo el Chispas. Hoy, en cambio, A. no ha aparecido hasta las 13.26 y se ha dirigido al bar MarySol, en Virgen de Lourdes, 56. Permaneció dentro hasta las 16.05. Salió con un paquete envuelto en papel de aluminio en la mano, quizá un bocadillo. Se paró en la esquina y miró alrededor como si esperara a alguien. Estuvo allí de pie, inquieto, durante casi diez minutos. Después regresó a su casa con gesto contrariado. Interrogado el dueño del taller, Manuel Rodríguez, alias Manolo el Chispas, dijo textualmente: «Adam es un buen electricista, eso sí es verdad. Y no es tonto el chaval, y habla el español de puta madre. Pero le pasa como a todos estos chicos, la nueva generación, que se han perdido, que ya no saben trabajar, que se creen que el dinero cae de los árboles y no quieren hincarla. Andan con la cabeza comida con los programas estos de los realities, *que se creen que cualquier gilipollas puede hacerse famoso y ganar un pastón por lucir la cara. No sé qué va a pasar con estos chicos. Son unos putos vagos. Total, lo he despedido. Llegaba todos los días una hora tarde, así que, tararí que te vi, chaval. Porque es bueno, pero no tanto como él cree. Y además, hay otros electricistas tan buenos como él y que encima trabajan. Sobre todo, ecuatorianos. Los latinoamericanos trabajan mejor. Los europeos estamos echados a perder» (grabación hecha con el iPhone). Abordé a Manuel Rodríguez utilizando un pretexto y no creo que intuya lo que se esconde tras el interrogatorio. Tampoco parece tener ningún conocimiento de las otras actividades de A.*

Justo en la base del cuello, bajo la nuca, Adam tenía dos cicatrices más o menos redondas de feo aspecto. Dos monedas deformes de piel rugosa.

—¿Y esto?

Normalmente quedaban ocultas por el largo cabello del escort, de modo que Soledad las descubrió al tacto mientras hacían el amor. Es decir, advirtió algo extraño y áspero con la punta de los dedos, algo que no debía estar ahí. Más tarde, cuando terminaron, hizo que el chico inclinara la cabeza y las estudió con detenimiento. Adam se encogió de hombros ante su pregunta.

—No sé. Siempre las he tenido. No me acuerdo qué son. Y nadie sabía decirme.

A veces, en el español casi perfecto del ruso se deslizaba una leve rareza, una construcción gramatical algo chirriante que parecía alejar un poco al gigoló de ella, como si las palabras enrarecidas indicaran un también enrarecido interior. Soledad frunció el ceño y pasó un dedo cauteloso por encima de las marcas. La piel atirantada, los bordes estirados de las viejas heridas. Probablemente fueran el resultado de una quemadura.

—Pero ¿cómo es posible que no te acuerdes? Tienen un aspecto bastante malo. Te tuvo que doler.

Adam se soltó con un tirón arisco y se sentó en la cama, el ceño fruncido.

—De verdad que no sé. Tuvo que pasarme cuando era muy niño. Esas cicatrices han crecido conmigo.

—A lo mejor tus padres murieron en un incendio.

—Ojalá. Menudos cabrones. Pero no creo. Sé que me encontraron en la puerta de urgencias del hospital de Niagan. Envuelto en una manta. Era enero. Estaba casi congelado.

El chico apretó la boca con gesto sombrío. Esos labios finos y nerviosos. Soledad sintió el deseo casi irrefrenable de acariciarlos, pero intuyó que Adam la rechazaría y se contuvo. El escort parecía haber levantado un muro transparente en torno a él; estaba muy lejos de allí. Estaba en Rusia. Soledad suspiró y también se sentó en la cama, al lado de Adam pero sin rozarlo, esperando a que regresara. Conocía bien el poder opresivo de ciertos pensamientos torturadores. Cuando llegan, te secuestran. Aunque, a decir verdad, esa noche el gigoló había estado un poco raro desde el principio. Un poco más callado, más taciturno.

«El niño es el padre del hombre», decía Wordsworth. Soledad recordó el verso y dio la razón al poeta: lo que somos de niños construye la cárcel del destino de nuestra vida adulta. Ahí estaba el ejemplo del gran Guy de Maupassant, a quien ella pensaba incluir entre sus malditos. A Maupassant lo abandonó su padre cuando sólo tenía doce años y anduvo toda su vida dando tumbos emocionales y buscando el amor con promiscuo desenfreno, lo que le llevó a contraer una sífilis que acabó matándolo a los cuarenta y dos años y que antes tuvo la refinada crueldad de volverlo loco. También Maupassant, como Philip K. Dick, creía tener más de una vida a la vez, creía ser él pero también otro. Soledad fantaseó con la magnífica posibilidad de conseguir el manuscrito de su escalofriante relato *El Horla,* que narraba, precisamente, la posesión de un hombre por su doble invisible; el problema era que ignoraba dónde podía estar el original, si es que se había conservado. Cosa poco probable, porque se publicó en un periódico, y en los talleres de las viejas imprentas solían perderlo todo. En fin, tendrían que investigar. Miró a Adam por el rabillo del ojo. El chico seguía rígido y callado, con los brazos cruzados con firmeza delante del pecho.

—¿Quieres tomar algo? Creo que tengo un poco de hambre. Voy a preparar algo de picar... —dijo ella, feliz de la ocurrencia que había tenido. Uno de los remedios tradicionales para el dolor del duelo era comer. Alimentarse levantaba la moral.

Adam no contestó, pero Soledad salió de la cama de todas formas y se cubrió al instante con la bonita bata japonesa.

—Me voy —dijo de pronto Adam con el tono definitivo de quien hace una declaración de principios.

Y se levantó de un brinco.

—¿Te vas? Espera un poco, preparo algo enseguida.

—No. Me voy —repitió Adam mientras se subía los calzoncillos, los pantalones, mientras se sentaba en la silla para ponerse los calcetines y los zapatos. Con urgencia de fugitivo.

—Pero... ¿te vas para siempre? —preguntó Soledad, desconcertada.

—Claro que no. Qué tontería —sonaba irritado—. Es que estoy muy cansado y mañana temprano trabajo.

—¿No me dijiste que habías dejado el taller de electricidad?

—Hago cosas por mi cuenta. Mucho mejor. No tengo que darle nada al cabrón del Chispas. Mañana tengo una chapuza interesante.

Adam hablaba sin mirarla, dejaba caer las palabras hacia atrás mientras caminaba pasillo adelante sin volverse. Soledad le siguió, descalza, arrebujada en su batín de seda, dando saltitos como un pájaro para adecuar su paso a las zancadas del ruso. Atravesaron la sala a la carrera y llegaron a la puerta. Soledad, que había pescado su bolso al vuelo de encima de un sillón, cogió del brazo al gigoló para detener su estampida.

—Tengo que pagarte —dijo con voz ronca.

—No. Hoy es regalo de la casa —gruñó Adam.

Ésta era la cuarta vez que se veían, incluyendo la noche de la ópera. Y siempre había cobrado con naturalidad los trescientos euros de la tarifa mínima, aunque se había mostrado bastante generoso con las horas. Por supuesto, salvo aquella primera noche, nunca se había quedado a dormir.

—No, no, ni pensarlo, te pago —dijo Soledad mientras hurgaba nerviosamente en el bolso con su mano libre.

—¡Te digo que no te voy a cobrar!

Adam tiró del brazo para soltarse, pero ella le aferró aún más fuerte.

—Toma, aquí están los trescientos... —balbució, intentando meter el dinero en el bolsillo de la parka.

—¡No los quiero! ¡Déjame en paz! ¡No los quiero! —rugió Adam, apresando la muñeca de Soledad con su enorme puño. Los billetes cayeron al suelo.

Se miraron consternados. Durante un quieto segundo tan sólo hubo silencio.

—Me... estás... haciendo... daño —susurró Soledad.

Adam la soltó. Se pasó la mano de arriba abajo por la cara, lentamente, apretando, como si quisiera borrarse los rasgos. Tenía una expresión agotada, desconcertada.

—Perdona. Lo siento mucho. He tenido un mal día.

—No pasa nada. Yo no debí insistir —contestó ella.

Aquí estamos ahora, pensó Soledad, jugando a las cortesías versallescas. Y, debajo, un abismo.

Adam la miró:

—¿Sabes qué? Éramos dos.

—¿Quiénes erais dos?

—En la puerta de urgencias del hospital. Dentro de la manta. Gemelos. O mellizos. Siempre me hago lío. ¿Cuáles son los iguales?

—Gemelos —musitó Soledad.

—Pues yo no sé qué éramos. Pero la enfermera que nos encontró se quedó con el otro. Adoptó al otro. Y a mí me llevaron al orfanato.

Permanecieron un instante callados, cada uno rumiando su pequeño y candente pensamiento.

—O sea, me rechazaron dos veces. Mis padres. Y luego la enfermera. ¿Por qué?

Lo preguntaba con genuina candidez, con verdadera necesidad de obtener una respuesta. Qué extraña era la vida: allí estaban los dos, de pie, al lado de la puerta, hablando de las cosas más hondas como de pasada, unas palabras sueltas antes de irse. Los temas de verdad importantes, Soledad lo sabía bien, sólo se pueden nombrar así, de refilón, elusivamente, dando precavidas vueltas en torno al gran silencio.

—No tendría dinero para hacerse cargo de los dos.

—Pero prefirió al otro —insistió él—. Ésa es la historia de mi vida. *V simyé ne bez uróda,* no hay familia sin un monstruo, es un refrán ruso. Yo soy ese monstruo. Nunca me ha querido nadie.

—Eso es imposible. Eres guapísimo, seductor, encantador...

—Te lo digo de verdad. Estoy desesperado. Es un dolor constante. Esa necesidad de amor. También fui a un psiquiatra, pero nada. Todas las mujeres me han dejado.

—Entonces será que escoges mal. Estoy segura de que ha habido montones de mujeres muertas de amor por ti.

—Quizá, pero ninguna me interesaba. Ésas no me sirven.

Soledad sintió una desagradable punzada en su autoestima: sin duda ella debía de pertenecer al colectivo de las inservibles. No era más que una clienta y casi le doblaba la edad. Se agachó, recogió los billetes y los guardó en el bolso.

—Está bien, acepto tu regalo. Muchas gracias, Adam.

Claro que a ella esta noche no le había cobrado. Un gigoló que no cobraba ¿seguía siendo un prostituto? ¿O esta noche había sido su amante?

—Pero por lo menos déjame que te prepare algo de cenar. Anda, siéntate diez minutos. Tomamos algo rápido y luego te vas.

El ruso dudó. Luego se encogió de hombros y se quitó la parka.

—Vale. Gracias.

Soledad corrió a la cocina, abrió y cerró estrepitosamente cajones y armarios, sacó un sobre de jamón envasado al vacío, quesos variados, una lata de paté. Internado en un manicomio, y perseguido por el otro tenebroso, por el doble infernal que le aterraba, Guy de Maupassant intentó degollarse con un cortaplumas. Hacía falta mucha desesperación, mucha determinación y una inmensa cantidad de sufrimiento para decidir degollarse, pensó Soledad mientras cortaba el pan: no era una tarea nada fácil. Maupassant logró darse tres tajos, pero no se mató. Falleció año y medio más tarde, aún en la clínica, sin haber recuperado en ningún instante la razón. Después de todo, se ve que su doble acabó poseyéndolo. Cogió dos copas y decidió abrir un Pontac de las Bodegas Luis Alegre, cosecha 2010. Un Rioja formidable que probablemente Adam no sabría apreciar. O quizá sí. Colocó todo en una bandeja y regresó al salón. El escort estaba en el sofá, sumido en sus pensamientos. Se sentó junto a él y puso la bandeja sobre la mesa de centro. Sirvió el vino. Adam vació su copa de un trago. No. No lo iba a apreciar.

—Sé que no soy idiota, pero parezco idiota. Me voy enamorando de todas. Soy como un niño. Un niño idiota. Es la maldita necesidad.

—Yo llamo a eso el efecto Cherubino.

—¿Qué es eso?

—Cherubino es un personaje de *Las bodas de Fígaro*. Una ópera de Mozart. Es un paje de quince o dieciséis años que se enamora de todas. Pasa por el escenario una doncella, y él se va detrás; pero se cruza la condesa, y Cherubino cae rendido a sus pies a primera vista. Y lo mismo le pasa con Susanna, la protagonista. Falda que se mueve cerca de él, falda que aletea como una bandera en su corazón.

Adam sonrió y se sirvió más vino.

—Qué graciosa. Lo de la bandera en el corazón es bueno. Eso me pasa a mí. Hablas muy bien. Claro que ahora muchas mujeres llevan pantalones.

Rubricó su comentario jocoso con una pequeña carcajada. El escort parecía estar relajándose por primera vez en toda la noche. El alcohol también ayudaba, desde luego.

—Gracias.

Masticaron un rato en silencio.

—No eres idiota —dijo Soledad—: A veces pienso que el mundo se mueve fundamentalmente por la necesidad de amor. Vi hace poco una ópera preciosa de Britten sobre eso. *Muerte en Venecia*. ¿Has oído hablar de *Muerte en Venecia*?

—No.

—Es una novela de un autor muy famoso, ya fallecido: Thomas Mann. Ganó el Premio Nobel. Luego también hicieron una película muy conocida, dirigida por Visconti. Pero te quería hablar de la ópera. Me encantó. El protagonista es un escritor centroeuropeo célebre, un hombre mayor, tradicional y serio. Todo sucede a principios del siglo XX. Se llama Aschenbach. Viste de una manera muy sobria, es la encarnación misma de la respetabilidad. Y resulta que está bloqueado en la escritura de su novela y decide pasar el verano en una playa, en el Lido, en Venecia, para ver si recupera la inspiración. En el barco ve a un viejo homosexual, chillón, afeminado, con ropa muy llamativa y todo maquillado. A Aschenbach le asquea. Pero por fin llega al Lido, y se instala en el Gran Hotel y baja a la playa, todo vestido, a sentarse en una silla, como entonces hacía la gente burguesa. Y en la playa descubre a un adolescente de unos catorce años, rubio, espigado, la cabeza llena de rizos que el aire desordena. Es polaco, está en el hotel con su madre y sus hermanas y se llama Tadzio. Es bellísimo. Piensa en el animal más bello que puedas imaginar y Tadzio es así. Un ciervo joven. Y su visión hiere a Aschenbach como un rayo. Queda preso, hechizado, enamorado.

—¿Entonces era homosexual?

—No. Es decir, seguramente no se lo había permitido jamás. Es un personaje de la alta sociedad, rígido y formal y muy convencional. Al autor del libro, Thomas Mann, le pasaba algo parecido, era un hombre famosísimo y obsesionado por la respetabilidad. Estaba casado y tenía hijos pero le atraían los hombres, aunque yo creo que nunca se permitió amarlos. De ahí que *Muerte en Venecia* tenga mucho que ver con su propia vida. Y a Aschenbach le pasa eso mismo, no quiere reconocerse. Por eso cuando ve a Tadzio se queda aterrado por la fuerza de sus sentimientos. No sólo se trata de un varón, sino que además es un niño, es una pasión doblemente infame y prohibida. Pero no puede evitar que su corazón se incendie. Termina el primer acto gritando un desgarrador te amo. Gritándoselo al aire, a nadie, a sí mismo. Simplemente admitiéndolo.

Adam había dejado de comer y la miraba absorto, sin parpadear, casi se diría que sin respirar, atrapado por su relato. Soledad se sintió poderosa, se sintió seductora. A veces también había sucedido con Mario. A veces le había tenido bebiendo sus palabras. La directora de la Biblioteca quizá tuviera razón cuando decía que ella era muy narrativa. Si tan sólo fuera capaz de escribir. Si tan sólo fuera un poco menos cobarde y se atreviera a escribir un libro...

—Entonces las cosas se complican porque en Venecia estalla una epidemia de cólera. Las autoridades intentan ocultarla porque es una ciudad turística, pero la enfermedad avanza. El barbero informa a Aschenbach de la epidemia y le aconseja que se vaya de Venecia antes de contagiarse o de que impongan la cuarentena. Pero él no puede ni imaginar dejar de ver a Tadzio. Por cierto que eso es lo único que hace, mirarlo desde lejos. Sabe que es una pasión prohibida. Sabe que jamás podrá hacerla realidad. Nunca habla con el adolescente. Ni una sola palabra. Sólo lo mira. Y el caso es que los turistas más avispados empiezan a marcharse, pero la madre del niño, que no entiende italiano, desconoce que existe una epidemia y sigue en el Lido. Aschenbach se dice que debería advertirla para que se vayan, pero no lo hace. Está poniendo en peligro la vida de su amado y su propia vida. El Gran Hotel se va quedando vacío, mientras Aschenbach desciende paso a paso todos los escalones de su desesperación y su tormento. El barbero le tiñe el pelo y lo maquilla, alabando su apariencia juvenil. Pero no resulta juvenil, sino patético, un viejo homosexual ridículo pintarrajeado y emperifollado, igual que aquel al que vio al principio de la historia en el barco y a quien aborreció. Aschenbach ha sacrificado por Tadzio todo, su prestigio, su carrera, su reputación. Incluso el respeto que se tenía a sí mismo. Lo ha sacrificado a cambio de nada, sólo por poder atisbar su belleza, sólo porque lo ama. Pasan los días... Todos los huéspedes del hotel se han ido y por fin la madre del chico está preparando las maletas para marcharse. Tadzio está por última vez en la playa; Aschenbach, enfermo y muy debilitado, se sienta en una de las tumbonas y contempla cómo su amado se aleja en dirección al mar. Y así, mirándolo, se muere.

—¿Aschenbach se muere?

—Sí, se muere ahí solo, en una de esas tumbonas de rayas supuestamente alegres pero que ahora son tristísimas porque toda la playa está vacía, y se muere con su traje ridículo y llamativo y con sus maquillajes medio derretidos de vieja loca.

Adam cabeceó con gesto de aprobación.

—Amor y muerte. Lo entiendo muy bien. Yo me intenté suicidar en el colegio. Estaba enamorado de una compañera de clase que no me hacía caso. Me corté las venas pero poco. Creo que sólo quería llamar la atención. Tenía catorce años, la edad del chico polaco.

A Soledad le conmovieron las confidencias de Adam. Incluso la emborracharon un poco, porque agrandaban la intimidad de ambos, la complicidad, el nexo afectivo. La ternura se le subió a la cabeza como un vino burbujeante. Alargó una mano y acarició con dulzura la mejilla del ruso.

—Mi pobre Tadzio —susurró.

Adam tenía los ojos muy brillantes y ella sabía que sus propios ojos también estaban echando chispas. Lo notaba. Casi se podían ver los fuegos de artificio, el arco voltaico que se estaba formando entre el gigoló y ella. Adam la agarró por los hombros, la atrajo hacia él y la besó. Esos labios, esa lengua, esa saliva deliciosa, el aliento que ella aspiró con avidez. Era el mejor beso de su vida. Era el primer beso de la Creación. El ruso le arrancó la bata japonesa con adorable violencia. Debajo estaba desnuda, tan desnuda, ofrecida y abierta para él. Pero, mientras Adam la apretaba contra su pecho, Soledad pensó que las cortinas estaban abiertas, que les podían ver los vecinos de la casa de enfrente, que sería un escándalo; además, en la sala había demasiada luz: su cuerpo maduro iba a quedar en evidencia. Y por un instante, antes de dejarse caer en la carne del otro, Soledad se preguntó: entonces, ¿a mí me toca el papel de Aschenbach? ¿Soy la vieja loca repintada?

Una de las pocas cosas positivas de envejecer, quizá la única, era la seguridad de que ya no ibas a volverte loca, pensó Soledad con ánimo sombrío. Se refería a completamente loca, a no ser capaz de controlar tu vida ni tu destino. A perderte un mal día para siempre. Como se perdió Guy de Maupassant. O como Dolores.

«Dios, antes de destruir a sus víctimas, las enloquece», decía Eurípides. Deberían escribir esta frase en el dintel de todos los manicomios, frenopáticos, cotolengos, psiquiátricos y asilos mentales del mundo, murmuró. Alzó la vista y miró el cartel luminoso que había sobre la puerta de la residencia de Dolores: EL JARDÍN. CASA DE SALUD.

El jardín del que hablaba eran unos cien metros cuadrados de césped que iban desde el edificio hasta la verja de hierro pintado de color verde. Había cuatro bancos de madera sintética y unos cuantos parterres alicaídos que en primavera solían tener flores. En el calcinante verano colocaban sombrillas al lado de cada banco. Eran de lona, playeras, con alegres rayas. Como la tumbona del Lido que el agonizante Aschenbach manchó con su pringoso maquillaje.

Según Freud, lo siniestro es la irrupción del horror en lo cotidiano. Como la muerte a pleno sol en una festiva silla de playa. O como dos niñas de cinco años dando vueltas felices en un carrusel. Soledad en un asiento con forma de perrito, Dolores a su lado en un rechoncho cisne blanco con el pico dorado. Sonaba la musiquilla, los animales subían y bajaban suavemente, las bombillas se encendían, el mundo daba vueltas a su alrededor. Qué divertido. El viaje se terminó, pero ellas por fortuna no tenían que bajarse, podían seguir todavía un rato más. El carrusel arrancó otra vez. La música, las luces, el perrito con la lengua roja, el cisne de las alas arqueadas. Nueva parada. Los demás niños bajaron, cambiaron, ahora había una chica rubia en el cerdito, una nena muy pequeña en el gato negro. Más vueltas. Ya no era tan divertido, ya no hacía tanta gracia. Dolores miraba alrededor, Dolores buscaba con un poco de miedo, con un poco de angustia, pero el mundo se movía tanto que no lograba ver nada y además empezaba a marearse. Y Soledad también. Al viaje siguiente ya estaban las dos lloriqueando, primero Dolores, luego Soledad. Tres trayectos más tarde, los empleados las rescataron del perrito y del cisne. Ese carrusel fue el lugar que su padre eligió para abandonarlas, tras dejar pagadas unas cuantas vueltas.

Dolores, su gemela.

Soledad se preciaba de tener una mente racional. Siempre intentó sujetarse a los firmes mástiles de la lógica para que el viento del caos no la arrastrara. Pero, aun así, a veces le parecía percibir confusas señales que el mundo le mandaba, mensajes cifrados que ella se apresuraba a desestimar. Las coincidencias, sobre todo. Las coincidencias eran siempre inquietantes. Por ejemplo: cuando supo que

Adam también tenía un gemelo, sintió un escalofrío. Como si se tratara de una advertencia del destino. Una prueba de que estaban predestinados.

Tonterías, gruñó en voz alta, mirando distraída al banco más cercano. Estaba manchado de caca de paloma y vacío, como todos los demás del pequeño jardín en ese frío diciembre. Tonterías, repitió. Una simple casualidad.

A fin de cuentas, nacía un par de gemelos idénticos, univitelinos, cada doscientos cincuenta partos. No era algo tan raro. Además, en el caso de Adam quizá se tratase de un mellizo, un gemelo fraterno nacido de otro óvulo. Ésos eran mucho más abundantes: treinta y dos cada mil partos. Soledad suspiró y volvió a contemplar la puerta de la residencia. Venga. Vamos. Era inútil postergarlo más. Adentro.

Salvo que estuviera de viaje, venía a ver a Dolores una vez a la semana. Normalmente la tarde de los miércoles. No reconoció a la chica que estaba hoy en la recepción. En la residencia cambiaban muy a menudo de personal; era un trabajo ingrato y pagaban poco.

—¿Dolores Alegre?

—Está en el invernadero.

No se trataba de un invernadero de verdad, sino de una sala amplia con techos altos y grandes ventanales. Era un espacio bastante bonito, salvo por los pacientes. El Jardín estaba especializado en enfermos con trastornos mentales graves y, sobre todo, en aquellos que habían sido hospitalizados largamente durante los tiempos feroces de los manicomios con ataduras. Aún adolescente, Dolores recibió electrochoques y permaneció muchos años internada por su madre en psiquiátricos muy duros. Soledad la había sacado de aquel infierno, pero por entonces ya estaba demasiado dañada como para poder vivir con cierta autonomía. El Jardín era un lugar supuestamente amable, moderno y protector. En realidad, un sitio espantoso, como todos. Los hermanos gemelos de una persona aquejada de esquizofrenia tenían el cuarenta y ocho por ciento de posibilidades de desarrollar la enfermedad. Soledad había vivido amedrentada año tras año. Pero la vejez, que todo te lo quitaba, al menos te daba eso. Una pequeña, razonable seguridad de que ya no te tragará el atormentado mar de la locura.

—Hola, Dolores, cariño, ¿qué tal estás?

—Hola, Soledad. Hola, Soledad. Hola, Soledad.

Vaya, hoy tenía el día repetitivo. Mejor. Había tardes en las que no decía ni una palabra, en las que ni siquiera parecía estar presente. Alrededor había hombres y mujeres de diversas edades, la mayoría con más de cuarenta años, repartidos por las mesas y los sofás. Algunos solos, viendo la televisión, o jugando con una especie de rompecabezas que parecían hechos para niños pero que por lo visto estaban sofisticadamente diseñados para avivar y ejercitar mentes torturadas, o aparcados en una silla, ausentes, hundidos en sí mismos. Otros charlaban o echaban una partida de cartas. Olía a un ambientador empalagoso, de esos de centro comercial. Una sombra de tristeza caía sobre todos como un fino velo. Aunque quizá fuera una falsa impresión, se dijo Soledad, quizá la única triste de la sala fuera ella.

—Toma. Te traje los bombones que te gustan.

—Mmm. Me gustan. Qué buenos. Estoy muy bien aquí.

—Me alegro.

—¿Te alegras de qué? ¿De qué? ¿Eh? ¿De qué?

—De que te gusten los bombones que te he traído. De que estés bien aquí.

—Estoy bien aquí. Pero preferiría estar en cualquier otro lado.

No se parecía a Soledad. Ya no. Los ojos grises no tenían luz. Eran como dos charcos de un sucio día de lluvia. La piel estaba fláccida. El cuerpo, derrotado. Era una vieja. Cualquiera le hubiera echado veinte años más que a ella. Al verlas juntas, la gente debía de pensar que su hermana era su madre. En realidad, ahora Dolores se parecía de verdad a la madre de ambas. A esa chiflada que las encerraba en un armario cuando salía —y salía todo el rato—, supuestamente para que no se hicieran daño. A esa malvada. Hacía falta ser mala para llamarlas Soledad y Dolores. Y lo peor era que las dos habían cumplido su terrible mandato nominal. Ella siempre tan sola. Y Dolores sumergida en el dolor psíquico, que es el más cruel de todos.

A veces, en sus mejores momentos, a Soledad no le extrañaba que su padre hubiera salido huyendo. Y comprendía que no hubiera podido seguir soportando a esa mujer tóxica. Pero hoy no estaba en uno de sus mejores momentos. Hoy pensó: no sólo nos dejaste, cabrón. Además nos dejaste con ella.

De niñas eran idénticas. Verdaderamente indistinguibles. Como en la historia esa que Mark Twain le contó a un periodista. Twain explicó que había tenido un hermano gemelo, Bill, tan parecido a él que tenían que atarles cordoncillos de colores en las muñecas para saber cuál era cuál. Y resultó que un día los dejaron solos en la bañera y uno de los dos niños se ahogó. Pero, como los cordones se habían desatado, «nunca se supo quién de los dos había muerto, si Bill o yo», explicó con placidez Twain al periodista. Pues bien, ellas habían sido así. Tan iguales que nadie podía diferenciarlas. Sólo la madre se vanagloriaba de poder hacerlo, pero no era cierto: se había confundido varias veces, aunque ellas se cuidaron mucho de decírselo. Ahora bien, esto conducía a una indeterminación vertiginosa. Porque ¿cómo saber si su identidad era la acertada? Quizá las hubieran intercambiado mil veces siendo bebés. Tal vez ella no fuera Soledad. Tal vez ella fuera en realidad Dolores. Tal vez su gemela hubiera enloquecido en su lugar para salvarla.

No tenía que haber venido, rumió Soledad sintiéndose una estúpida con el whisky en la mano. Siempre se le había dado mal el *small talk,* la charla pequeña, la conversación falsa y banal de los encuentros sociales. De hecho, llevaba años sin acudir a este tipo de eventos; pero ahora había empezado a sospechar que se estaba quedando atrás, que el mundo avanzaba y la iba marginando, que la maquinaria profesional estaba a punto de escupirla como un hueso roído, un residuo inservible; y todo eso le hizo decidir, unas horas antes, en su casa, que dejarse ver un poco le sería beneficioso. Pero en estos momentos ya no estaba tan segura. La gente que de verdad le interesaba no parecía verla, y los que se acercaban saludaban y rebotaban en ella alejándose de inmediato, como acróbatas de cama elástica que aprovecharan el impulso para alcanzar un corrillo más interesante. Soledad estaba sola como tantas veces, sola Soledad de pie junto a la mesa de las bebidas observando el salón en donde se celebraba el lanzamiento de la revista *ARTyFACT,* un lujoso bimensual editado por los principales galeristas españoles, la Marlborough, Senda, Ivorypress y otros dos o tres pesos pesados, que por una vez habían acordado aparcar sus rencillas para convertirse en promotores de una revista que vendería en cada número obra gráfica original de sus artistas. Una estrategia más para sortear los mordiscos de la crisis.

Contempló con desaliento a la concurrencia, lo más granado del mundo del arte. En realidad, esa marginación que ella ahora sentía de manera más evidente había existido desde siempre. Soledad nunca había pertenecido al mismo mundo que ellos, nunca la habían aceptado, tan sólo la soportaron mientras tuvo cierto poder en Triángulo. Era una cuestión de clase: no había ido a los mismos colegios que ellos, no tenía primos casados con sus primas. Todos los ricos estaban emparentados. Y, en el raro supuesto de que no hubiera de verdad ningún lazo de sangre, se llamaban de todas formas tíos y primos entre sí, sin duda reconociendo de este modo la unidad de destino esencial que conformaban. Eran una gran familia, desavenida en todo excepto en el mantenimiento del poder y de las influencias. Y el mundillo del arte, junto con el de la banca, eran dos de sus territorios preferidos: el primero de recreo, el segundo de caza. Pasó Soledad la mirada por encima de los corrillos, saltando de uno a otro, y le pareció escuchar las conversaciones que la mitad de la sala estaría manteniendo. «Déjame que te presente a Tomás. Inés Pereñuela, Tomás Lalanda...» «Tú debes de ser el primo de Boro, ¿verdad?» «Claro, y tú eres la hija de tío Ramón...» «Exacto, tu padre y mi padre fueron juntos a la universidad.» «Lo sé muy bien. Por cierto, ¿a que no adivinas con quién he estado este fin de semana en Jerez? Con Nena y tu primo Jorge.» «¡No me digas! ¿Nena? ¡Pero si antes de casarse con Jorge salió un montón de años con mi hermano!»

«¿Con tu hermano Pepe?» «No, con mi hermano Tito, el pequeño.» «¿Tito el que está casado con mi prima Teresa?» «Ese mismo.» Y así durante horas. Aunque dos personas de la clase alta no se conocieran, podían pasarse media tarde enhebrando nombres de amigos comunes, parientes, concuñados y compañeros de colegio o de consejo de administración, cosa que venía a ser lo mismo, porque las relaciones empezaban en el parvulario y terminaban en la cúpula de las grandes empresas. Y así iba transmitiéndose el poder real de una generación a otra de primos y tíos verdaderos o falsos, mientras los demás mortales no pertenecientes a la familia daban vueltas como cometas por los confines. Como había hecho ella misma.

Un pequeño grupo de sonrientes invitados se acercó a la mesa a buscar una copa. Eran pocos pero selectos, dos críticos importantes, una galerista y un experto del Museo del Prado, más un chico alto y lánguido al que Soledad no conocía y Diana Domínguez, que trabajaba en el Reina Sofía cuando ella organizó la exposición de *Arte y locura* y que después abrió su propia galería. Una víbora. Todos eran delgados, todos vestían colores fríos: grises, negros, lilas, azules brumosos. Diana se colgó del cuello de Soledad con un gritito:

—¡Ah! El otro día te vi en la ópera con tu hijo —dijo, exultante.

—No es mi hijo —respondió, y para su horror advirtió que se estaba ruborizando.

Los demás la miraron con curiosidad, una mirada que se parecía mucho a una pregunta. He contestado demasiado deprisa, pensó Soledad; tendría que haber dicho, «¿mi hijo?», como si no cayera; tendría que haber disimulado. Enrojeció un poco más. Estoy montando un número, se dijo, me estoy delatando. Por detrás del grupo asomó la cabeza de Marita Kemp, la maldita arquitecta de la exposición de los malditos. La que faltaba, gimió por dentro Soledad. No se había dado cuenta de que venía con ellos.

—Era... un amigo —dijo al fin, con poquísima convicción.

—Pues vaya amigos tienes, querida, a ver si los presentas, ¡era guapísimo! Un poco joven, claro, un yogurín, por eso pensé que era tu hijo. Pero espectacular —remachó Diana.

—Qué dices, Diana, pero si ahora las parejas de mujeres mayores con chicos jóvenes están de moda... —intervino el hombre lánguido—: Mira Sharon Stone, o Susan Sarandon, o Madonna...

—No es mi pareja, es sólo un amigo... —se apresuró a puntualizar Soledad, mientras pensaba: ¿por qué sigo hablando de este estúpido asunto?

—¿Tú tienes hijos, Soledad? —le preguntó Marita.

Oh, no. Y ahora esto. Tenía que ser Marita quien sacara el tema. Odiaba que le plantearan esa cuestión, porque cuando respondía no, ese no tan irreversible ya a su edad, ese no que significaba no sólo que no tenía hijos, sino que ya no los tendría jamás y que por consiguiente tampoco tendría nietos; ese no que la marcaba como mujer no madre y que la lanzaba a la playa de los desheredados, como un resto sucio de tormenta marina, porque los prejuicios sociales eran inamovibles en este punto y toda hembra sin hijos seguía siendo vista como una rareza, una tragedia, mujer incompleta, media persona; cuando decía no, en fin, Soledad sabía que ese monosílabo caería como una bomba de neutrones en mitad del grupo y alteraría el tono de la conversación; todo se detendría y los presentes quedarían expectantes, demandando de manera tácita una explicación aceptable del porqué de tan horrorosa anomalía; que Soledad dijera, «no pude tener niños», o quizá, «tengo una enfermedad genética que no quise transmitir», o incluso, «en realidad soy transexual y nací hombre»; en suma, aceptarían cualquier cosa, pero desde luego la obligarían a justificarse. Y, una vez más, Soledad se prometió a sí misma que resistiría la presión y no añadiría ni una sola palabra al monosílabo.

—No.

Bum. Estalló la bomba. Los críticos, la galerista, el experto del Prado, el lánguido, Diana, Marita: todos callaron y la miraron con ojos redondos, ojos escrutadores, ojos ansiosos de saber más. Soledad aguantó mientras el ambiente se enfriaba y la incomodidad flotaba como un gas pernicioso en torno a ellos.

—Nunca quise tener hijos. Desde pequeña —soltó al fin, cediendo al chantaje social una vez más, siendo cobarde.

—Sí, claro. No hace falta tener hijos para ser feliz —se apresuró a decir la galerista.

Ésas eran las peores, las mujeres amables que intentaban quitar hierro a la carencia, que demostraban a gritos con su simpatía que en el fondo pensaban que la falta de hijos era una tragedia, una minusvalía. Para qué decir nada, si todo les parecía tan natural.

—¡Desde luego! Yo adoro a mis hijos, pero he querido matarlos muchas veces —sonrió Marita, henchida de supremacía maternal.

—¿Cuántos tienes? —preguntó Diana.

—Dos, una de trece y otro de quince, imaginaos...

Y sí, Soledad imaginó. Encima esa petarda había tenido el tiempo y la oportunidad de ser madre. A su alrededor rodaron unas cuantas risas de complicidad.

—Uh, plena adolescencia, como los míos... —dijo uno de los críticos.

—¡Lo que te queda por pasar! Yo ya tengo hasta una nieta, pero todavía recuerdo con horror los quince años de mi hija —añadió Diana.

Todos empezaron a entrecruzar comentarios sobre sus retoños como quien cambia cromos. Todos habían tenido descendencia. Soledad miró esperanzada al chico lánguido: él era más joven, probablemente gay, quizá se hubiera salvado. El chico debió de tomar su mirada como una pregunta, porque dijo:

—Mi marido y yo hemos adoptado a una niña india. Se nos cae la baba, la verdad —y lanzó una deslumbrante sonrisa transida de amor paternal.

Eso me pasa por preguntar, se dijo Soledad. Me pasa por venir a eventos como éste. Me pasa por hablar con la gente. Por salir de casa. Por levantarme de la cama. Por estar viva. O quizá por no estarlo lo suficiente.

9 de diciembre, martes

Hoy A. salió a las 14.50 y cogió el autobús. Por fortuna yo estaba dentro de mi coche, como casi siempre, y pude seguirle. Tras un recorrido interminable, bajó en Francos Rodríguez. Pensé que le perdería en las estrechas callejuelas de la zona, pero apenas se alejó diez metros de la parada hasta situarse junto a una mampara publicitaria. Sacó el móvil, marcó, habló dos segundos y después se quedó esperando. A los cinco minutos apareció un tipo de mediana edad, algo más bajo que él, con aspecto eslavo. Se saludaron brevemente y el hombre le dio un sobre que A. abrió, verificando de un vistazo su contenido. A continuación, A. le dio a su vez algo que sacó del bolsillo, supongo que dinero. Se despidieron con un movimiento de cabeza y A. regresó a la parada. El eslavo pasó junto a mi coche al irse: pelo rubio corto, un sortijón de oro, malencarado. ¿Mafia rusa? Me dirigí en derechura a Virgen de Lourdes confiando en que A. volviera a casa, y en efecto lo hizo. Salió de nuevo hora y media después, muy arreglado: pantalones negros, camisa blanca, corbata, chaqueta de cuero. Cogió un taxi y esta vez fuimos al hotel Menfis, en la avenida de América, cerca de la calle Cartagena. Aparqué y me instalé en una cafetería desde la que veía bien la entrada. El Menfis es un cuatro estrellas, el típico hotel de ejecutivos, grande y con mucho movimiento. Entraron y salieron bastantes personas, pero a las 18.02 llegó a pie, andando muy deprisa, una mujer delgada con la cara envuelta en una bufanda, un gorro de lana calado hasta las cejas y gafas de sol, aunque ya era de noche. Su afán de ocultamiento era tan notorio que llamaba poderosamente la atención. Sin duda era ella. La clienta.

Hasta los dieciséis años, Dolores fue totalmente normal. O todo lo normal que se podía ser tras haber sido abandonada por su padre en un cisne de pico dorado a los cinco años y tras haberse pasado horas, días, a veces noches enteras, encerrada en un armario oscuro. Soledad y ella crecieron pese a todo eso, crecieron y se desarrollaron contra la negra infancia, contra la siempre presente ausencia del padre, contra la fría ferocidad de la madre. Crecieron juntas, crecieron de la mano, e incluso hubo momentos en los que se sintieron invulnerables.

Pero llegó un invierno, un mes de diciembre como este de ahora, justo después de cumplir los dieciséis, y Dolores empezó a hacer cosas extrañas. En primer lugar, dejó de tocar a Soledad. Rehuía el contacto con su hermana y se pasaba las horas abrazada a sí misma, sumida en un mutismo cada vez mayor. Habían estado siempre tan unidas que apenas si necesitaban palabras para comunicarse, pero de pronto Soledad dejó de entenderla y, cuando le pidió, le rogó, le suplicó que le explicara qué le pasaba, Dolores se negó a contestar. Toda esta deriva fue muy rápida: apenas duró una semana. Aunque, en realidad, Soledad venía notando a su gemela un poco triste desde el comienzo del curso escolar.

Ésa fue la primera vez que Soledad percibió el peso de su nombre, la primera vez que se sintió de verdad sola. No tenía a nadie a quien recurrir, nadie a quien pedir ayuda. Y su hermana ya no estaba. Su hermana se encontraba cada vez más lejos. Un día regresaban al instituto después de comer para las clases de la tarde, cuando, sin decir palabra, Dolores cambió el rumbo, torció por la primera calle y empezó a alejarse, sin contestar a las ansiosas llamadas de Soledad, que optó por seguirla. Dolores caminaba deprisa, como si supiera adónde iba y le urgiera llegar; pero enseguida resultó evidente que su andar era errático y sin sentido, porque dio una vuelta entera a la manzana y reinició el mismo camino. Cuando ya habían hecho el recorrido tres veces, Dolores delante, Soledad dos metros detrás de ella con una piedra de angustia en el pecho, su hermana hizo un viraje brusco, uno de esos nerviosos movimientos de pez, y cruzó la calle sin mirar, a dos centímetros de un coche que tuvo que frenar en seco y cuyo conductor pitó y vociferó sin que Dolores pareciera advertir nada. Impertérrita, la gemela se dirigió en derechura al buzón de correos y, apoyando una mano en él, metió la otra por debajo de su falda gris de colegiala, se quitó las bragas con eficiente rapidez y las echó por la ranura del buzón. Luego se tumbó sobre el capó de un coche aparcado y, colocándose de lado en posición fetal, cerró los ojos como si fuera a dormir.

Semanas después, el psiquiatra del hospital en el que su hermana estaba internada les dijo que la crisis había sido probablemente precipitada por un amor frustrado; que Dolores hablaba de manera obsesiva de Tomás, un chico con el que ella decía haber vivido una apasionada historia, aunque el médico pensaba que no era verdad. En eso acertó; quizá fuera la única cosa en la que aquel Mengele del electrochoque tuviera razón. Tomás era el hijo del dueño de la papelería que había al lado del instituto. A veces estaba en la tienda, ayudando a su padre. Debía de tener unos dieciocho años y era guapo, sin duda. Muy guapo. Todo el instituto, por entonces sólo femenino, iba a comprar allí. Hoy una goma de nata, mañana un lápiz. Compras menudas pero pertinaces. El chico era el arma secreta del tendero.

También ellas habían ahorrado céntimo a céntimo para poder pagarse unos minutos de atención de Tomás mientras decidían interminablemente entre media docena de sacapuntas, pero desde luego Dolores no había tenido ninguna relación con él, Soledad lo sabía: siempre estaban juntas. De modo que el enamoramiento formó parte del delirio; o quizá no, quizá fuera de verdad el desencadenante de la catástrofe; quizá Dolores lo amara de verdad y pensara que no iba a ser correspondida, porque a los dieciséis años las dos se sentían feas, nada atractivas, larguiruchas y planas, mal vestidas, con sus faldas tableadas, sus baratos zapatones de suela de crepé, sus medias de lana hasta la rodilla. Quizá Dolores no soportara la indiferencia de Tomás y prefiriera perder la razón, deshacerse por dentro. La locura como una forma de suicidio.

Borrarse por un hombre. Eso había hecho también María Lejárraga, pero sin recurrir a la psicosis.

Su historia fue delirante: tanto ella como su marido tuvieron que estar algo desequilibrados para actuar así. Pero, de todas formas, el mayor desequilibrio venía del entorno, de la abrumadora presión del sexismo. Lejárraga sería una de las estrellas de la exposición. Era la segunda figura que más le gustaba a Soledad de entre todos los malditos; pensaba colocarla en penúltimo lugar, justo antes de entrar en el sanctasanctórum.

Decían sus coetáneos que era fea, cosa que sus fotos desmentían: facciones correctas, inteligentes ojos negros, bonita boca. El que era verdaderamente feo, pensaba Soledad, tan feo que rozaba el rango de lo horrible, era su marido, Gregorio Martínez Sierra: raquítico, sin barbilla, con las orejas desparramadas y una irremediable cara de ratón. María era culta, había cursado estudios superiores, sabía idiomas, escribía; pero tenía la desgracia de haber nacido en la España de 1874, una sociedad de un machismo asfixiante, y todos esos atributos eran por entonces baldones para ella; quizá la fealdad que le atribuían proviniera del hecho de ser tan distinta a la norma. Pero lo malo era que ella debía de sentirse así, poco agraciada: es difícil amarse cuando nadie de tu entorno lo hace. De modo que a los veintitrés años se echó su primer y último novio, el hijo de un vecino, Gregorio, que tan sólo tenía diecisiete y era un escuerzo a medio cocer lleno de granos. Tres años después se casaron. Ella trabajaba como maestra, ganando el único sueldo que entraba en la casa; luego atendía las labores domésticas y, por la noche, escribía los textos que Gregorio firmaba.

Pronto Martínez Sierra se hizo muy famoso como dramaturgo, aupado sobre los hombros de su sacrificada esposa. Sus obras fueron representadas en el extranjero y sirvieron de base para películas de Hollywood. Algunas inspiraron importantes piezas musicales, como *Noches en los jardines de España*, de Falla. Gregorio le encargaba a María de todo: artículos de prensa, conferencias, incluso tarjetas de pésame. Lo más probable es que él no redactara absolutamente nada. «Todos en el teatro sabíamos que quien escribía las obras era doña María y que don Gregorio no escribía ni cartas a la familia», dijo muchos años después el apuntador de su compañía. Y en 1930, tras casi treinta años de exitosa carrera, en un tiempo en que María anduvo algo enferma, Gregorio le contó en una carta: «Estoy haciendo esfuerzos inauditos para escribir yo hasta que tú estés mejor. Creo que lo conseguiré más tarde o más temprano». Pensaba poner todas estas frases impresas sobre los paneles de la exposición.

Pero lo que más le fascinaba a Soledad, lo que ya le parecía que rizaba el rizo de la perversión y el desasosiego, eran dos circunstancias especialmente retorcidas de su biografía. La primera: el ratonil Gregorio, que se había casado con María en 1900, se lio en 1906 con Catalina Bárcena, una famosa y guapa actriz joven de su compañía. De hecho, ahora que lo pensaba Soledad, se diría que el esmirriado y feísimo Martínez Sierra se había hecho pasar por dramaturgo y había montado compañía propia con el único y tópico propósito de poder acostarse con las actrices. Se amancebó abiertamente con Catalina, en fin, y María no sólo siguió redactando con docilidad las obras, sino que además tuvo que esmerarse en escribir papeles lucidos para su rival. Claro que para Bárcena tampoco debía de ser plato de gusto esa esposa legal, más vieja y más fea que ella, de la que su amante no podía separarse, porque sin ella él no era nada. Circunstancia segunda: a partir de 1917, Lejárraga empezó a escribir artículos, conferencias y libros feministas, todos con la firma de su marido. Negra literaria en el más explotado sentido de la negritud, esposa desdeñada y autora desvalijada, María se puso a reflexionar sobre sus contradicciones y comenzó a utilizar a Gregorio como un muñeco de ventrílocuo para denunciar la injusticia de la que él mismo se estaba aprovechando; «Las mujeres callan porque, aleccionadas por la religión, creen firmemente que la resignación es virtud. Callan por miedo a la violencia del hombre; callan por costumbre de sumisión; callan porque a fuerza de siglos de esclavitud han llegado a tener alma de esclavas», le hizo decir en una conferencia, convertido en vocero de la mujer más callada del mundo. Soledad no tenía claro cuál de estas dos situaciones escoger como escena candente para la exposición: la triangular entre Catalina, Gregorio y María, puro veneno circulando a tres bandas, o ese morboso prodigio circense de ventriloquía feminista.

La vida es una aventura que siempre acaba mal, porque termina con la muerte. Pero la vida de Lejárraga finalizó de un modo aún más triste. Cuando, en 1922, Catalina y Gregorio tuvieron una hija, María por fin se separó, pero siguió escribiendo para mayor gloria de su exmarido. Tuvo que exiliarse tras la guerra y padeció graves problemas económicos; en los años cincuenta publicó dos libros autobiográficos en los que confesaba, muy modestamente, que había colaborado con Gregorio: «Ahora, anciana y viuda, véome obligada a proclamar mi maternidad para poder cobrar mis derechos». Aunque mintió y le concedió a Martínez Sierra un papel mucho mayor que el verdadero, enfurecidos caballeros de todos los rincones del planeta arremetieron contra las pretensiones literarias de Lejárraga y la volvieron a hundir en el silencio. «Casada, joven y feliz, acometiome ese orgullo de humildad que domina a toda mujer cuando quiere de veras a un hombre», explicó también en su autobiografía: por eso decidió poner a las obras «el nombre del padre». Entonces, ¿en eso consistía querer de veras a un hombre? ¿En una condena a la locura, como Dolores, en un tenaz ejercicio de autodestrucción, como Lejárraga?

Estaba gastando demasiado dinero en Adam, se dijo Soledad con una punzada de angustia: no podía permitirse ese nivel de despilfarro. Adam. Ya nunca se refería mentalmente a él como el escort, el gigoló, el prostituto. Tragó saliva, intentando deshacer el bolo de inquietud que le cerraba la garganta. Miró alrededor: una ojeada insegura, resbaladiza. Nadie parecía hacerle ningún caso: ni los dependientes ni los clientes. Quizá también ellos creyeran que el chico era su hijo. Suspiró y basculó el peso de un pie a otro mientras esperaba a que Adam saliera del probador. Tardaba mucho: se había llevado una buena brazada de ropa. Una chaqueta, una camisa y un pantalón, o bien un traje y una camisa. Eso era lo que había prometido Soledad que le compraría como regalo navideño. Aquí estaba ella, una sesentona bien vestida, en la tienda de Adolfo Domínguez, esperando a que su gigoló se probara la ropa que ella iba a pagarle. Qué escena tan tópica, tan Aschenbach. O no, pobre Aschenbach, que no llegó jamás ni a tocar a Tadzio. Más bien ella sería como el profesor Unrat, el de la película *El ángel azul,* ese viejo que enloquecía de pasión por una cabaretera y terminaba arruinándose. O, aún mejor, ella era igual que Léa, la madura protagonista del libro *Chéri,* de Colette, que perdió la cabeza y bastantes cosas más por el querido

Fred, un chico de diecinueve años. Curiosamente, la novela *El profesor Unrat,* en la que se basaba la película, era de Heinrich Mann, el hermano del autor de *Muerte en Venecia.* Se diría que los Mann le tenían mucho miedo a la pasión: y a lo peor estaban en lo cierto. Soledad resopló: qué típico también que ella estuviera ahí adornando su caso con referencias cultas; que intentara envolver la historia en el papel de seda de las comparaciones literarias, cuando la cruda realidad era que ella, una mujer mayor, estaba allí comprándole regalos a su puto. Era algo humillante, era preocupante, era arriesgado. Qué iba a ser de ella si seguía así: su situación económica no podría soportar por mucho tiempo tanto gasto. Se sintió en peligro. El vértigo la atenazó. Estaba perdida.

Una explosión de cortisol y adrenalina le inundó el organismo y la angustia se le disparó a un nivel estratosférico. Mareada, con el corazón estrellándose contra las costillas y una náusea apretada entre los dientes, Soledad se dejó caer en la pequeña banqueta acolchada que había junto a los probadores y se agarró al asiento para defenderse de los vaivenes del mundo. La realidad giraba a su alrededor y los pulmones parecían habérsele cerrado. Era una crisis de ansiedad: las conocía bien. Respira, se dijo; respira profundo y despacito, para no hiperventilar.

Por fortuna, esa maldita ladrona que era la edad también te regalaba esto: el conocimiento, a fuerza de experiencia, de que las crisis de ansiedad remitían. Poco a poco el mareo fue menguando, el mundo deteniendo su oscilación. Nadie la miraba: el momento de agonía había pasado inadvertido para todos. Inspiró hondo una vez más, sintiendo cómo el corazón reducía poco a poco su carrera. Adam seguía sin salir. Imaginó al ruso probándose las prendas al otro lado de la cortina: los pantalones deslizándose sobre las redondas, pequeñas y musculosas nalgas; los largos dedos abrochando botones sobre el tibio pecho depilado.

Se habían visto nueve veces. Cada cinco o seis días, más o menos. Y Adam no sólo acostumbraba a quedarse más tiempo que el estipulado por la tarifa básica que le pagaba, sino que además le había regalado dos encuentros y en ambas ocasiones se había quedado toda la noche. Eso era lo mejor y lo peor, eso era lo inquietante: no saber bien qué relación tenían. ¿Por qué a veces hacía el amor con ella sin cobrar? ¿Para fidelizarla como clienta? ¿Para atraparla en su red, ladina araña apostada en el centro de la maraña? ¿Podía ser Adam tan astuto, tan buen cazador, tan impecable actor, tan inteligente?

Aunque no. Lo peor era que Soledad le creía. Creía en su sinceridad, en su arisco afecto. Cierto, Adam no le había dicho jamás que la amara; pero a veces le había contado cosas tan íntimas que Soledad no podía creer que ella fuera tan sólo una más de las mujeres con las que se acostaba por dinero.

—¿Cómo las llamas? —le había preguntado la noche anterior, en la cama, mientras comían dos tarrinas de flan tras hacer el amor.

—¿A quiénes?

—A las mujeres con las que te acuestas. ¿Cómo las llamáis entre vosotros, cuando hablas con los otros gigolós? ¿Las viejas?

—No son viejas. No sé, tendrán entre treinta y cinco y cuarenta y cinco. O quizá cincuenta. Soy malo con las edades. Y son guapas. Bueno, la verdad, no todas. Pero algunas son guapas. Y agradables. Las llamo mujeres. O clientas. Y además, yo no hablo con gigolós. En realidad no conozco a ninguno. Ya sabes que soy bastante nuevo.

Así que ella era la mayor, había pensado con desaliento Soledad, aunque probablemente Adam la creía más joven. Salvo que hubiera googleado su nombre en Internet y leído su fecha de nacimiento.

—Si no conoces a ningún escort, ¿cómo fue que te metiste en esto?

Adam lamió con su hábil lengua el caramelo líquido de la tarrina ya vacía.

—Fue una risa. Como una escena de película porno. Fui de electricista a una casa en la calle de Alcalá. Y después de arreglarle el cuadro de luz, la tía me metió mano. Era una extranjera. Canadiense, creo. Viuda, me dijo, de unos cuarenta y cinco años. No era muy atractiva, pero la situación me puso muy caliente y todo salió bien. Luego me dio una propina de cien euros. Y llegué con el dinero a casa alucinando y pensé, ¿por qué no? Así que busqué en Internet y encontré la página de ParaComplacerALaMujer y escribí. Tuve que mandar fotos, mi historia, todo. Luego me vi en un café con César, que dirige la página. Español, como de cincuenta. Me dijo que tenía que hacerme un examen médico y fotos buenas y me explicó las condiciones y todo eso. Se llevan la mitad, es un robo. Aunque ellos pagan el hotel. Y también me dio el contacto del búlgaro que vende las pastillas.

—¿Qué pastillas?

—¿Tú qué crees? El Cialis o la Viagra. Tengo que ir hasta el quinto coño a comprarlas y son carísimas. Cincuenta y cinco euros el blíster de ocho o diez píldoras, que yo parto a la mitad. El Cialis lo tomo treinta minutos antes del trabajo, la Viagra cuarenta y cinco minutos.

Soledad se había quedado helada. Era lógico, era evidente, pero ella no se había parado a pensar en que Adam necesitara tomar medicamentos. De inmediato una idea empezó a redoblar en su cabeza, un obsesivo solo de tambor: ¿y conmigo también? ¿Conmigo también? La pregunta se le apelotonaba junto a los labios, y para no dejarla salir dijo cualquier otra cosa.

—¿Y qué... qué diferencia hay entre la Viagra y... eso otro, el Cialis?

—Pues la duración. Depende para qué lo quieras. Si es un servicio de veinticuatro horas, el Cialis, porque el efecto te dura día y medio. Pero si es algo normal, mejor Viagra, que sólo dura cuatro horas. Así no tienes que seguir como un búfalo todo el día.

Esa noche habían dormido juntos. Le había pagado el mínimo de trescientos euros, pero él se había quedado. Claro que sabía que por la mañana iban a ir a comprar la ropa. ¿Habría tomado Cialis, entonces? Aunque cuando se despertaron no hubo sexo. Él no hizo ademán, y ella, como el ruso le estaba regalando esas horas extras, tampoco se atrevió a intentar nada para no abusar.

La cortina se abrió con un tintineo de argollas metálicas y Adam salió, el rostro encendido del trajín de probarse tantas prendas.

—Dudo entre dos cosas. Dime qué te gusta más. Ésta es la primera.

Extendió los brazos y giró despacio sobre sus pies descalzos, mirándose de reojo en el espejo.

¿Conmigo también?

—¿Qué te parece?

Soledad se esforzó en concentrarse en la ropa. Chaqueta de terciopelo gris humo, pantalón de pinzas de un gris más oscuro, camisa mostaza. Estaba guapísimo.

—Estás guapísimo.

—Vale. Ahora te enseño lo otro.

Volvió a encerrarse en el probador. Soledad se preguntó dónde guardaría las pastillas: ¿las llevaría consigo? ¿Las tendría en los vaqueros? ¿O quizá en la billetera? Miró la parka, que el ruso había dejado cuidadosamente doblada sobre el banco y, estirando la mano con disimulo, palpó los bolsillos. No había nada.

—A ver esto.

Nueva aparición. Pantalones rectos marrón oscuro, grueso jersey de ochos de color visón, camisa vaquera azul claro.

—También estás guapísimo.

—No me ayudas nada —rio él.

Se le veía feliz, tan excitado como un niño que no sabe con qué juguete quedarse. Soledad tuvo que recurrir a toda su fuerza de voluntad, tuvo que apretar los dientes hasta hacerlos chirriar para no decir: te compro los dos. No, no, no. Ya le había regalado cuatro semanas atrás un *smartphone*. La profesora Unrat tenía que aprender a controlarse.

—Mmmmm, me encantan los dos pero creo que me voy a quedar con lo primero. La chaqueta de terciopelo y eso.

Seguramente era el conjunto más caro, pensó Soledad. La noche anterior, Adam había dicho: «Cuando empecé con esto estaba muy ilusionado. Por eso invertí en las fotos, y el reconocimiento médico, y las pastillas. Fue un pastón. Pensé que este trabajo me sacaría de pobre, que podría ganar bien y ahorrar durante diez años y luego montar mi propio negocio, no sé, un restaurante ruso, o un bar de copas. Pero luego la cosa se quedó en nada o casi nada. Hay mucha más oferta que demanda. No hay tantas mujeres con dinero que se atrevan a pagar a un escort. Estoy muy decepcionado. Así que ahora tengo que encontrar otra manera de hacerme rico. No voy a pasarme la vida siendo un maldito electricista».

La araña en el centro puntual de la maraña.

Claro que las mujeres desesperadamente enamoradas, es decir, enamoradas sin ninguna esperanza de ser correspondidas, hacían otras cosas aparte de enloquecer, como Dolores, o borrarse y convertirse en esclavas del amado, como Lejárraga, se dijo Soledad. En su novela *El diario de Edith,* Patricia Highsmith, esa gran conocedora de los demonios del amor, decía que, en el paroxismo del dolor pasional, los hombres mataban y las mujeres se suicidaban. Pero no, no siempre era así.

¡Las mujeres también matamos!, exclamó Soledad en una voz tan alta que rozaba el grito.

Lo cual no importó nada porque estaba sola y en su casa, y porque los vecinos ya debían de estar curados de espanto a fuerza de escuchar sus soliloquios extemporáneos.

En efecto, las mujeres también mataban por amor. Ahí estaba, por ejemplo, el caso de esas dos escritoras chilenas: las dos eran de buena familia, las dos se llevaban muy pocos años, las dos acribillaron a sus amantes y lo hicieron, casualmente, en el mismo hotel de Santiago de Chile, el Crillón. Tanta coincidencia le parecía a Soledad algo maravilloso, una de las disparatadas carambolas con las que de cuando en cuando se entretenía esa jugadora cruel que era la vida. Por supuesto, quería incluir a las dos en la exposición, aunque todavía no sabía si fundir sus historias en una sola.

La primera escritora homicida era María Luisa Bombal. Nacida en 1910, a los veintiún años se hizo amante de Eulogio Sánchez, un piloto y playboy mayor que ella y, para colmo, casado. Así que María Luisa vivió las penurias de la clandestinidad y un día se intentó suicidar. Lo hizo tan mal que sólo se pegó un tiro en el hombro; o quizá fuera eso lo que buscaba, nada más que un poco de ruido, de sangre y de dolor para conmover el corazón de piedra de su amante. Si ésa era la estrategia, tampoco funcionó. Desolada, se marchó a Buenos Aires y allí empezó a escribir. Se enamoró de un nuevo hombre, que también la dejó para casarse con otra, y María Luisa no pudo soportarlo. Regresó a Santiago de Chile herida y furiosa y, cuando leyó en el periódico que su antiguo amante, Eulogio Sánchez, volvía de Estados Unidos con su esposa, toda su rabia se concentró sobre él como el vórtice de un tornado. Indagó su dirección, su teléfono, el lugar en donde trabajaba, sus costumbres. Un día consiguió localizarlo en el hotel Crillón; se puso detrás de él, sacó una pistola del bolso y le disparó tres tiros por la espalda. Por fortuna, ninguno fue mortal. Sucedió en 1941 y Bombal tenía treinta y un años. Fue detenida, pasó diez semanas en prisión y unos meses en un psiquiátrico. Increíblemente, el juez la absolvió, tras decidir que había cometido el delito «privada de la razón y del control de sus acciones». Ayudó que la víctima se hiciera el caballero (¿sentido de culpabilidad, compasión, miedo?) y no presentara cargos.

Peor fue el caso de María Carolina Geel, nacida en 1913 y autora de novelas eróticas. En abril de 1955 estaba tomando el té en el hotel Crillón con su amante, Roberto Pumarino, un administrativo socialista que había enviudado hacía dos meses. Él tenía veintiséis años; Geel, cuarenta y uno. Días antes, él le había propuesto que se casaran; ella le había rechazado por miedo a que se estropeara su relación y quizá también porque el demonio de los celos la estaba devorando. Creía que Roberto la engañaba y compró una Baby Browning de 6,35 milímetros, un calibre diminuto y un dulce nombre que no auguraban ser demasiado letales. Esa tarde de abril, Geel alzó el arma por encima de las tazas de té y le pegó cinco tiros a su amante. El primero en el rostro, y de ahí para abajo hasta llegar al hígado. El joven se derrumbó ya cadáver: la pistola de juguete jugó esta vez a matar. María Carolina se abalanzó sobre el hombre y besó su boca ensangrentada. También ella fue juzgada con extrema benevolencia: pese a ser una asesina, sólo la condenaron a tres años y un día, y ni siquiera los cumplió, porque fue indultada gracias a la presión de Gabriela Mistral y otros intelectuales. Quizá la creyeran loca, como a Bombal: «Al absorberse en los libros fue víctima de una marcada egolatría», dijeron de Geel. Sin duda influyó su clase social y, paradójicamente, quizá cierto machismo, en este caso protector y paternalista. En el tiempo que estuvo entre rejas, escribió una novela, *Cárcel de mujeres,* que la hizo famosa: Soledad apuntó en su memoria que tenían que localizar y conseguir ese texto. Pero después no logró ningún otro éxito y murió olvidada. A Bombal, que atravesó largos años de alcoholismo, tampoco le fue mucho mejor. Las dos habían perdido a sus padres de niñas. Sí, sin duda fueron unasególatras, pero, por otra parte, ¡cómo debía de arderles el corazón de ansias de amar!, pensó Soledad; y decidió unir a ambas en la exposición, montar una única escena para las dos. Haría reconstruir con infografía el Crillón, utilizaría sonidos y proyectaría imágenes en los paneles: los salones del hotel, el ruido de los disparos, manchas de sangre, corazones en llamas, tintineo de tazas de té, las fotos de Geel y de Bombal. Más la exhibición de los manuscritos, naturalmente.

Geel no era la única asesina a la que pensaba meter entre sus malditos: también estaba Anne Perry, la famosa y tremenda Anne Perry, escritora *best-seller* de novelas policíacas, que el 22 de junio de 1954, a los quince años, junto con su queridísima amiga Pauline, de dieciséis, golpeó a la madre de esta última hasta la muerte con un ladrillo metido en una media. De alguna manera, tras su delito brutal también se agazapaba la cuestión amorosa: aunque siempre negaron que mantuvieran una relación homosexual, lo que sin duda hubo entre Pauline y ella fue esa intensa dependencia emocional que a veces se da entre adolescentes. Ahora que lo pensaba Soledad, casi todas las historias de sus malditos tenían que ver con la necesidad de amor, con el abismo del desamor, con la rabia y la gloria de la pasión. El amor hacía y deshacía la Historia, movilizaba las voluntades, desordenaba el mundo. Debería cambiar el título de la exposición. Sería mejor llamarla Locos de amor. De amar. De atar.

A veces, cuando caminaba por lugares muy llenos de gente, como ahora, que estaba atravesando a pie y a buen paso la Puerta del Sol en dirección a su casa, Soledad se entretenía intentando encontrar hipotéticos amantes, hombres con los que pudiera ligar, es decir, individuos que, además de gustarle, fueran parejas razonables y posibles, cosa que cada día le parecía más difícil. Por ejemplo: este señor que venía de frente y que la miraba con ojos bastante interesados a ella le parecía una auténtica birria, un viejo barrigón y pellejudo, aunque probablemente tuviera más o menos su misma edad. Aquel otro tampoco: era joven pero bruto y feo. Y ese cuarentón de narices remangadas mucho menos; claro que el tipo ni la había mirado, pero, aunque se hubiera postrado a sus pies, a Soledad no le interesaba lo más mínimo. Otro anciano imposible; éste tendría lo menos setenta y mal llevados. Mmmmm, aquel chico, en cambio, sí que estaba bien... El que venía detrás de un matrimonio irrelevante de gorditos. Hombros rectos y musculosos, pelo rizado, dientes separados como de adolescente... Pero ese bombón ya no estaba a su alcance, pensó Soledad: debía de tener unos treinta años. Maldita sea, se increpó a media voz, tienes que crecer, tienes que conseguir integrarte en tu edad, comprender que eres sesentona, lograr que te gusten los hombres mayores... Pero ¿cómo mirar con ojos de deseo a esos adanes, tipos abandonados, derrotados, de cuerpo alicaído y ojos vidriosos? A esos hombres que seguramente llevaban mucho tiempo sin tener más contacto con la carne, la propia y la ajena, que una masturbación de cuando en cuando. Y el señor cabizbajo que acababa de pasar a su lado, tal vez ni eso. Luego estaban los maduros repulidos, como el que venía en derechura hacia ella, mirándola como un donjuán irresistible. Pelo blanco y escaso pegado hacia atrás con gomina, pantalones rojos de pijo irredento, un reloj caro y pesado brillando en la muñeca. Se trataba de uno de esos personajes pagados de sí mismos que creían que cuidarse consistía en bañarse en perfume, vestir ropas caras y tomar langostinos de Sanlúcar en el aperitivo; pero que, debajo de sus chaquetas de marca, mostraban unas barrigas pendulonas descolgadas por encima del cinturón y unas piernas flaquísimas de gallinácea que jamás caminaba. Eran un antídoto para la lujuria, en fin, por más que ellos se creyeran estupendos. Pues bien, por desgracia ésos eran justo los varones de su edad, los que le tocaban: pero Soledad se hubiera cortado las manos antes de tocarlos. En cambio, había muchas más señoras maduras interesantes, mujeres que se mantenían en forma y muy vivas, con los ojos brillantes y el cuerpo rápido; qué pena que Soledad fuera tan rematadamente heterosexual, lo cual reducía sus posibilidades sentimentales a la mitad de la población. Atención, un momento, un momento... Por la derecha se acercaba un varón prometedor... Al menos cincuenta y cinco años, más bien alto, el cuerpo seco y duro, la cara tajada por interesantes arrugas de la edad, ojos intensos y el pelo, muy corto, casi blanco... Mmmm, un aspecto formidable, se relamió Soledad mientras intentaba capturar su mirada. Pero enseguida vio a la mujer que le agarraba con firmeza del brazo para mostrar que ese bonito animal era sólo suyo, una chica aún joven, apenas cuarenta, y desde luego guapa, el pez rémora, la lapa. Malditas propietarias.

25 de diciembre, jueves

Insólitamente, hoy A. salió a las 14.38 con una mujer y un niño. En las semanas que llevo siguiéndole nunca le había visto acompañado y todo parecía indicar que vivía solo, pero llevaba a la mujer cogida por el hombro con un gesto de protección y pertenencia muy elocuente. Ella es mulata, de gran melena rizada y veintitantos años. La había visto entrar alguna vez en el portal junto con su hijo: me fijé porque su belleza es memorable. Pero nunca pensé que vivieran juntos. El crío tendrá unos tres años y es color caramelo, varios tonos más claro que ella: ¿hijo de A.? Caminaron hasta el bar MarySol y, por suerte para mí, les colocaron en una mesa junto a la ventana. Sin duda la habían reservado porque, al ser Navidad, el bar estaba lleno de familias celebrando el día. Tardaron en servirles; el niño jugaba con las guirnaldas de adorno y les arrancaba con lenta concentración las hilachas rojas y doradas. Fuera hacía frío. El barullo festivo del local llegaba hasta mí, pero ellos hablaron poco. Parecían una de esas parejas veteranas que se conocen mucho. Una familia triste.

Adam llevaba la chaqueta y el pantalón de Adolfo Domínguez que ella le había regalado. Los había combinado con buen tino con una camisa vaquera sin corbata que le daba un toque más deportivo. Por encima, su parka de siempre, verdosa y algo raída. Una vez más, Soledad se dijo: voy a comprarle un abrigo. E inmediatamente: no, desde luego que no, ni un obsequio más, no debes, no puedes. Y a continuación: pero ahora, con las rebajas de enero, quizá podamos encontrar alguna ganga. Y estaría tan guapo.

La mañana era gélida y la tierra de los jardincillos seguía cubierta por el crujiente cristal de la escarcha. El cielo, muy bajo, tenía un monótono y apesadumbrado color gris: el invierno triunfaba. Era 1 de enero y deambulaban por Madrid Río, la nueva zona peatonal junto al Manzanares. No habían pasado la Nochevieja juntos; de hecho, Soledad no se atrevió a pedírselo, por si él le decía que no. Hacía cinco días que no se veían, que no se acostaban. Cuando quedaron para el día 1, pidió al ruso que se vieran a las doce de la mañana y fuera de casa. A Soledad empezaba a desesperarle que sólo se citaran para hacer el amor, que su relación permaneciera encerrada en la estrecha jaula de la clandestinidad y la rutina. Así que decidió: año nuevo, vida nueva. Paseemos, que nos dé la luz, dejemos de ser vampiros sexuales. Y lo arrastró hasta Madrid Río. Aunque ahora, mientras caminaban, le miraba por el rabillo del ojo y se arrepentía de su decisión: quería besarle, quería tocarle, quería abrirse toda ella para él como una anémona, quería entregarse, quería que la llenara y la poseyera, quería fundirse con él y ser un solo cuerpo y un solo corazón, porque el corazón también era carne, era músculo, el músculo más poderoso del organismo, una pelota de fibras palpitante del tamaño del puño, doscientos sesenta gramos de carne y de amor en la mujer, trescientos gramos en el hombre.

—Qué mierda —exclamó en voz alta.

—¿Qué? —dijo Adam.

—Nada. Pensaba en el trabajo. Perdona —disimuló.

Ella quería más, ella quería mucho más, quería cariño y cotidianidad y compañía y pareja, pero era ridículo buscarlo en un gigoló. Ahora que lo había sacado por primera vez a la despiadada luz de la mañana se daba aún más cuenta de su error, y no porque el físico de Adam no soportara ese baño de realidad, seguía pareciéndole guapísimo o incluso todavía más atractivo, sino porque, fuera de la cama, la tenue pero ardiente relación que los unía, la intimidad que compartían, se disolvía en la nada como humo en el viento. Llevaban casi una hora paseando por Madrid Río sin decir apenas palabra. Una incómoda distancia de extraños se había instalado entre ellos: como si, más allá del sexo, todo fuera un desierto.

Aunque quizá Adam tuviera resaca. Quizá se hubiera acostado tarde. Ésa podría ser la causa de su alejamiento, de su frialdad, de su mutismo. El parque estaba casi vacío. La ciudad dormía todavía tras la noche de farra.

—¿Qué hiciste anoche? ¿Cómo pasaste el fin de año? —preguntó, intentando sonar lo más ligera posible.

Adam se encogió de hombros:

—No hice nada. Bueno, piqué algo en un bar de mi barrio. Y luego me volví a casa.

—¿Solo?

Soledad se arrepintió en cuanto lo dijo; el ruso alzó la cabeza y le lanzó una ojeada rápida y dura como un dardo, una mirada rara entre la sorpresa y la reprobación.

—Quiero decir, si tenías una... una fiesta de fin de año o algo así... —tartamudeó penosamente intentando arreglarlo.

—No voy a muchas fiestas. No conozco a nadie —respondió Adam, taciturno.

—¿No tienes amigos?

—Bueno, algún conocido. Pero nada importante. Nunca fui bueno para hacer amigos. Creo que es una de las cosas que no me enseñaron en el orfanato.

Callaron de nuevo. Pasaron junto a una caseta de patos instalada en el río Manzanares. Las aves descansaban en la plataforma exterior de madera. Familias enteras de patos, fieles parejas de ánades celebrando juntos y felices el Año Nuevo.

—Quería pedirte algo —dijo de repente Adam, deteniéndose y volviéndose hacia ella.

Soledad se paró y le miró, un poco preocupada. La expresión del ruso era tensa y seria.

—¿Puedes prestarme algo de dinero? Te lo devolveré todo en cuatro meses y con intereses.

—¿Dinero? ¿Para qué? ¿Cuánto? —se sobresaltó ella, sintiendo que la nuca se le helaba.

—¡Es un negocio seguro! Una cosa increíble que me he enterado gracias a un amigo...

—Creí que no tenías amigos...

—Bueno, un conocido que me debía un favor. Mira, es una página de apuestas de póker por Internet. La crearon un grupo de personas especialistas en el juego. El póker se basa en el cálculo de probabilidades; si usas ese cálculo, a largo plazo ganas siempre, pero siempre. Esta gente ha creado un software basado en el cálculo de probabilidades y lo ha instalado en robots y los tienen jugando las veinticuatro horas del día en las páginas de póker online. Hay siete niveles de inversión; según lo que inviertes, el porcentaje de ganancias es distinto y el tiempo que tardas en sacarlo también es distinto. A más dinero, más ganancias, aunque también tardas un poco más, es lógico. Mira, si me dejas treinta mil euros, me devolverán eso más el setenta por ciento en ciento veinte días. ¡Ganaré veintiún mil euros! Te doy los mil de intereses y aún me quedan veinte mil. Entonces reinvertiré la mitad; con diez mil euros conseguiré el sesenta y cinco por ciento en tres meses; y entonces...

—Para, para —acertó a decir al fin Soledad, atónita—: No me lo puedes estar diciendo en serio...

—Claro que sí. Muy en serio —se picó Adam.

—Pero ¿no te das cuenta de que es una estafa?

—No es una estafa. Mi amigo, mi conocido, ha invertido mil euros; los beneficios son a sesenta días.

El primer mes le dieron doscientos cincuenta euros; el segundo mes, otros doscientos cincuenta. Al final de los sesenta días había ganado mil quinientos, lo que él puso y quinientos más. Ahora ha reinvertido las ganancias. Pero yo quiero ir más deprisa.

—Pues tu conocido es un gancho para la estafa o es un imbécil. Adam, eso es un fraude. Sólo puede ser un fraude. Por no hablar de que se trataría de algo ilegal, aplicar un sistema de cálculo y usar robots para romper el juego es ilegal.

—Estás equivocada. Estás muy equivocada —se sulfuró el ruso, los rasgos endurecidos por la ira apenas contenida, más pálida que nunca su piel pálida—. No tienes razón. Sé que funciona. La página lleva cuatro años funcionando, llevan cuatro años pagando. La cosa es: ¿me vas a dejar el dinero o no?

Un agujero en el estómago, la boca seca. Soledad tomó aire como quien se tira a una piscina:

—No.

—¿Y diez mil? Con diez mil me pagarían el sesenta y cinco por ciento en noventa días. Ganaría seis mil quinientos euros. Te devuelvo el dinero en tres meses y te doy mil quinientos euros.

—¡No! Adam, no quiero que me des más intereses, ¿no lo entiendes? No es una cuestión de dinero, aunque por otra parte son cantidades muy grandes y no las tengo. Pero lo importante es que es un fraude, ¡un fraude! Nadie da duros a pesetas. No te voy a prestar ni un euro para ese disparate.

Adam resopló, turbio, oscuro, la respiración agitada y la mirada ardiendo:

—No es un disparate. ¿Te crees que soy idiota? ¿Es eso lo que estás diciendo? ¡Es el juego, maldita sea! Ya sé que el juego siempre tiene riesgos, pero aquí la ganancia está asegurada. Además, *risk blagaródnaye déla*, el riesgo es un acto noble. Eso decimos en Rusia.

Lo pierdo, pensó Soledad. Lo estoy perdiendo para siempre. La congoja le inundó el pecho y casi la ahogaba. Pero no podía apoyar semejante locura. Alargó tímidamente la mano y le tocó un brazo. Adam dio un respingo.

—No eres idiota. Pero estás desesperado. Y esta gente se aprovecha de la desesperación. La necesidad nubla el entendimiento —dijo con dulzura.

El gigoló echó a andar, soltándose con un brusco tirón de su mano. Soledad le siguió. Caminaron un buen rato sin decir palabra. Al cabo, ella señaló la terraza de uno de los chiringuitos. Estaba protegida por mamparas de vidrio y tenía estufas encendidas entre las mesas.

—¿Quieres que nos sentemos y tomemos algo?

Adam se encogió de hombros, pero se dirigió hacia allí. Se instalaron en el primer velador. Las sillas, metálicas, estaban heladas pese a los radiadores.

El ruso volvió a resoplar; se removió en el asiento y sacudió la cabeza, como un perro que intenta soltar la tensión.

—Necesito hacer algo, Soledad. Necesito encontrar algo, sacar dinero como sea para salir adelante —dijo, más tranquilo—. No soporto la idea de pasar toda mi vida en esta vida de mierda. Tú haces algo que te gusta, tus exposiciones y esas cosas, y eres respetada, y tienes una casa preciosa, y viajas y... Y yo voy a cumplir treinta y tres años y no tengo nada, nada. Nada.

Llegó el camarero y trajo la carta y unos cojines. Era extraño, pensó Soledad mientras el ruso hojeaba ceñudamente el menú, porque ella no se reconocía en ese retrato que le hacía Adam. Ella también se sentía menesterosa, vacía, despojada. Pidieron vino, calamares, tortilla. Brindaron sin alegría con la primera copa. Estaban en plena glaciación. Todo era hielo y distancia entre ellos.

—Podrías presentarme a alguien —dijo Adam.

Oh, Dios: esto no ha terminado todavía, gimió para sí Soledad.

—¿A quién?

—A quien sea. A quien te parezca. A la gente importante que conoces. Hablo ruso, inglés tan bien como el español, francés casi tan bien. Tengo buen aspecto. Aprendo rápido. No sé, a lo mejor podría trabajar en alguna galería de arte. Necesitarán a alguien para hablar con los artistas rusos. Tenemos unos artistas buenísimos, como Vladimir Ryabchikov y... y muchos más. Tú preséntame a gente. No te haré quedar mal, no te preocupes.

—Lo sé —contestó Soledad, mintiendo. Y volvió a mentir—: Déjame que piense a ver si se me ocurre algo.

Aunque en realidad no era tanta mentira: lo intentaría, y quizá consiguiera encontrar algo que Adam pudiera hacer. Sólo que le parecía muy difícil.

En la mesa de al lado se habían instalado cuatro veinteañeras. Las descubrió por la mirada de Adam, es decir, por la insistencia del escort en mirar a cierto lugar que se encontraba detrás de ella. Soledad se volvió y ahí estaban las cuatro, riendo alocadamente y coqueteando con ese chico tan guapo que estaba con su madre. Era 1 de enero y tenían todo el año y toda la vida por delante.

—Muy monas —masculló Soledad.

—¿Quiénes? —preguntó el ruso con fingida inocencia.

—¿Quiénes van a ser?

Adam volvió a encogerse de hombros y bajó malhumorado la vista. El gigoló tenía el día torcido, como el adolescente que se siente en guerra con el mundo. A Soledad le costaba respirar: le parecía que el aire carecía de suficiente oxígeno. Estaban en la zona de la muerte, que es como los alpinistas denominan a la franja de montaña que queda por encima de los ocho mil doscientos metros. A esa altura, el cuerpo empieza a morir, y depende de tu resistencia personal que aguantes un día o dos, o como mucho cuatro; pero, si no bajas, al final siempre falleces. Ahí estaba Adam, con la mirada perdida de nuevo a las espaldas de ella. Con la atención atrapada por el gorjeante jolgorio de las chicas. Y ahora, de pronto, había sonreído. Una sonrisa irresistible y luminosa; una sonrisa atroz, porque no era para ella. Los celos y la desesperanza nublaron el ánimo de Soledad.

—¿Sales con alguien?

—¿Cómo? —se extrañó Adam.

—Que si tienes novia.

El chico agitó la cabeza con vehemencia.

—No. Nada de nada.

Mientes, pensó con angustia Soledad. Mientes. Hacia el final de *Muerte en Venecia,* no la ópera sino la novela, Aschenbach se cruzaba con Tadzio, que le sonreía; y ese gesto hería al viejo profesor como el rayo, le hacía comprender al fin que estaba enamorado de un niño de catorce años. Huía entonces Aschenbach perseguido por el aguijón fatal de esa sonrisa y, refugiado en un jardín, soliloquiaba: «¡No debes sonreír así! ¿Me oyes? ¡A nadie hay que sonreírle así!». Luego se desplomaba sobre un banco y, entre escalofríos, musitaba la fórmula fija del deseo, «imposible en este caso, absurda, abyecta, ridícula y, no obstante, sagrada, también aquí venerada: Te amo». Siete puñales tenía clavados Soledad en el pecho, virgen dolorosa, siete puñales en el corazón, en ese músculo primordial y supremo, doscientos sesenta gramos de carne y de necesidad de cariño. Ella, igual de absurda, igual de ridícula, también hubiera querido gritar te amo. Tuvo que morderse los labios para no hacerlo.

Ahora que ya no quedaba nadie por delante y ella era la siguiente para entrar en la consulta, a Soledad se le pasaron mágicamente todos los males. Siempre le ocurría: las muelas dolían hasta el instante mismo de cruzar el umbral del dentista, la espalda estaba agarrotada hasta que se tumbaba en la camilla del fisioterapeuta, y tenía problemas de visión hasta que le tocaba el turno en el oftalmólogo. Conocedora de estas recuperaciones milagrosas, Soledad intentaba combatir sus obsesiones hipocondríacas y llevaba tiempo sin ir al médico. Pero estaba en una edad muy mala; al llegar a cierta altura de la madurez, el cuerpo empezaba a desbaratarse a trompicones y de la noche a la mañana aparecían todo tipo de síntomas alarmantes, heraldos de la enfermedad y de la muerte. En esta ocasión, Soledad llevaba semanas soportando una hinchazón y un dolor persistente en la articulación del pulgar de la mano izquierda, prueba inequívoca de que se le había disparado un horrible y deformante deterioro artrítico; además sentía una tensión casi insoportable en los riñones que le hacía pensar en una hernia lumbar; y tenía taquicardias y palpitaciones. Pero lo que le había hecho llamar a su médico de cabecera y pedir cita había sido un bulto que se había descubierto debajo de la mandíbula dos días antes, un bulto duro, redondo y resbaladizo que dolía al presionarlo. Ya está, ya llegó, había pensado, empapada en sudor. Ya la había atrapado el perseguidor. El tumor. El cáncer.

Pues bien, ahora no conseguía encontrarse el bulto, por más que se apretujara toda la mandíbula.

—Entra, Soledad.

El doctor Serra era quizá veinte años más joven que ella, pero la trataba con un paciente y cariñoso paternalismo. Soledad siempre se sentía un poco niña ante él.

—¿Y ahora qué te pasa?

—Y ahora qué me pasa, y ahora qué me pasa... Ni que te estuviera dando la lata todo el rato. Llevaba mucho tiempo sin venir —protestó.

El médico miró sus notas.

—Es verdad. Seis meses. ¿Qué te ocurre?

Soledad bajó la cabeza, un poco avergonzada.

—Pues... me duele este dedo... Creo que tengo artritis... Y la espalda... Y las taquicardias... Pero en realidad vengo porque hace dos días me descubrí un bulto aquí abajo, en la mandíbula.

—¿A ver? —dijo el hombre, levantándose.

—Es que... ahora no puedo encontrarlo. Anoche estaba, ¿eh? Anoche lo tocaba y se notaba muchísimo. El bulto estaba. Y me dolía. Pero ahora no consigo encontrarlo.

El médico sonrió y, acercándose a ella, empezó a palparle el cuello. Sistemáticamente, con lentitud, minuciosidad y atención. Soledad le miraba hacer, entregada a la sabiduría de sus dedos. Serra era más bajo que ella, algo bizco y gordito, nada atractivo, en realidad; pero que él la cuidara y le acariciara el rostro le hacía sentirse en la gloria. Seguro que era un padre perfecto. Un padre incapaz de abandonar a sus hijas en una feria.

—¿Era aquí?

—Sí..., más o menos, creo.

—Pues debía de ser un ganglio inflamado. Tendrías una pequeña infección en la boca, o en la garganta. Y el ganglio se inflamó. Un proceso muy común. Basta con tener una bajada de defensas. Pero ya estás bien. No te encuentro nada. ¿Qué tal duermes? ¿Te sientes más nerviosa de lo habitual últimamente?

¿Más nerviosa? A Soledad eso le parecía un eufemismo, una pobre y pálida manera de definir su estado. Ella se sentía agobiada, angustiada, desgarrada, enloquecida, desolada, desconcertada, perdida, fracasada, machacada, acongojada, muy desgraciada y, en fin, medio muerta. Pero todo eso resultaba indecoroso decirlo.

—Sí, estoy bastante estresada. Tengo mucho trabajo, estoy preparando una exposición muy importante, bueno, ya sabes...

—Te lo tomas todo demasiado a pecho. Y luego te entran esos miedos, esas manías con la salud... Enseguida te asustas y eso te pone aún más nerviosa.

—Ya sé que soy un poco hipocondríaca. Pero mis padres murieron los dos de cáncer, es como para tener un poco de miedo...

El médico puso una expresión de sorpresa y consultó el historial:

—¿Los dos? Pero si me dijiste que no habías vuelto a saber de tu padre desde que tenías cinco años...

Las palabras del doctor Serra la impactaron. Tuvo una brevísima sensación de extrañeza, un vahído, un pequeño mareo. Por supuesto que no sabía qué había sido de su padre. Incluso ignoraba si seguía vivo. Pero había deseado durante tantos años que le fulminara un cáncer que, en su imaginación, así había sucedido. Se estremeció: a veces temía vivir en un mundo tan delirante como el de Dolores.

—Sí, pero... Me dijeron que... Me llegaron noticias de que había tenido un cáncer de... próstata —improvisó.

—Bueno. Por lo menos ese tumor en concreto no lo puedes heredar —sonrió el médico mientras apuntaba el dato en el informe.

Un nudo de lágrimas apretó la garganta de Soledad, que luchó para que no subiera hasta sus ojos. Las manos le temblaban.

—Y además... Además estoy un poco loca —susurró.

—No. No estás loca —dijo el médico con tranquilizadora, bendita seguridad—: Estás triste y cansada. Te voy a mandar vitaminas. Y Orfidal, para que duermas un poco por las noches.

La joya de la exposición, el cráter narrativo, la perla que se ocultaría en el centro mismo de la espiral (si es que Soledad conseguía por fin que la muestra adoptara esa estructura: estaba teniendo todo tipo de problemas con la arquitecta), sería la historia de Luis Freeman, seudónimo de la escritora española Josefina Aznárez. El asombroso caso de esta novelista siempre había fascinado y conmovido a Soledad: además no era muy conocido, pese a tratarse de una peripecia extraordinaria. De hecho, fue Soledad quien rescató a Josefina de entre las sombras quince años atrás, a raíz de *Simbolistas y diabólicos,* la exposición que había montado en Triángulo. Uno de los cuadros era *El caballero incierto,* del pintor santanderino y rosacruz Rogelio de Egusquiza: un retrato de fondo sombrío, tan sólo iluminado por la brasa de un quinqué rojizo, de un hombre atractivo de mediana edad, ojos negros de pupilas dilatadas por el láudano o la locura o el miedo, mandíbula cuadrada, boca fina y apretada, vestimenta oscura con chaleco; todo él rigurosamente formal, la estampa misma de la probidad, si no hubiera sido por esos ojos desquiciados y por unas manos blandas y blancas, de dedos femeninos cuajados de sortijas, que sujetaban con languidez un pequeño abanico de plumas. Documentando el extraño lienzo,

Soledad se topó con la historia, que había causado cierto revuelo en los periódicos del siglo XIX. Josefina se convirtió en la mayor atracción de *Simbolistas y diabólicos;* los medios hablaron bastante del personaje y la periodista Rosa Montero le dedicó un perfil biográfico. Pero luego, con esa inconstante frivolidad de la memoria pública, las aguas del olvido se cerraron de nuevo sobre ella. Era hora de volver a subirla a un escenario.

Josefina Aznárez nació en 1856 en Santander, hija única de un abogado especializado en el transporte y comercio marítimos. Las escasas fotografías la mostraban delgada y angulosa, de pelo lacio recogido dócilmente en la nuca y grandes ojos penetrantes y tristes. Para el gusto actual resultaba atractiva, una especie de Françoise Hardy del XIX, pero en su época fue considerada una auténtica birria, demasiado alta, demasiado huesuda, poco femenina con su escaso pecho y sus ropas austeras. Además siempre mostró una viva inteligencia, una curiosidad insaciable; a los dieciocho años, cuando otras jóvenes de su edad sólo vivían preocupadas por las cintas de raso y los carnets de baile, ella ya se había leído la notable biblioteca de su padre y había aprendido por sí sola latín, inglés y francés. Todas estas virtudes no eran sino defectos en su medio social: la muchacha ni siquiera era lo suficientemente rica o lo suficientemente aristocrática como para poder permitirse extravagancias. La pequeña burguesía santanderina, a la que pertenecía, era implacable.

De modo que Aznárez se fue convirtiendo, a medida que envejecía sin pretendientes, en la fea oficial de la ciudad, la solterona modelo. «¡Pobre Josefina!», exclamaban a sus espaldas con la falsa compasión y el gozoso regodeo de creerse muy por encima de ella. La juzgaban una sosa, una aburrida y de una timidez inaguantable, sin saber que, si Aznárez no hablaba, no era por apocamiento, sino por orgullo, porque los despreciaba. Y así, en esa mediocridad, fue pasando la vida. De no ser por la literatura, por los libros que leía y releía con pasión, y por las novelas que escribía a escondidas de su rígido padre, Josefina quizá se habría suicidado. Su primera obra, *Punto de cruz,* trataba precisamente de eso; de una solterona que se arrojaba al tren, como Anna Karénina.

Tenía treinta y tres años cuando murió su madre, y treinta y cinco cuando su padre cayó fulminado por una apoplejía, dejándole de herencia una modesta pero tranquilizadora fortuna. Dueña de su vida al fin, lo primero que hizo Josefina al regresar del cementerio, según contaba en su diario, fue sacar del fondo del baúl la caja de madera en la que escondía sus escritos: «Sentada en el suelo, aún con el traje de tafetán negro, sin haberme mudado, revisé mis pobres páginas y comprendí que, siendo mujer y sola, nunca las podría publicar; y pareciome que el luto que vestía era por la muerte de mis ilusiones», anotó. Era la última entrada de la agenda; puede que no siguiera escribiendo, o quizá los demás cuadernos se hubieran perdido. En cualquier caso, el resto de su existencia había que reconstruirlo desde fuera, por las notas aparecidas en los periódicos y las declaraciones policiales.

Se sabía que en 1892, unos cuatro meses después de que Josefina quedara huérfana, llegó a Santander un caballero de mediana edad llamado Luis Freeman. Era rico, escritor, soltero, culto. Era elegante y guapo, un hombre de mundo. Había nacido en La Habana, hijo de una española y un oficial inglés; luego había residido en Nueva York, en donde sus novelas, se decía, causaban furor. Un abogado había alquilado para él en Santander un primer piso señorial en la calle Atarazanas; casualmente, estaba situado justo enfrente de la casa de Josefina Aznárez: los ventanales de uno miraban a los balcones de la otra, por encima del movimiento de la céntrica calle. Nada más llegar a la ciudad, Freeman fue al sastre de moda a hacerse ropa. Encargó un vestuario formidable, charló por los codos y pagó con largueza; el sastre corrió a contar a todo Santander la aparición de tan interesante personaje. Las familias se apresuraron a invitarlo, los salones rivalizaban en tenerlo y el cubano se convirtió en la atracción del momento. Todas las madres con hijas casaderas lo colocaron en su punto de mira y las niñas bien pestañeaban y suspiraban en su presencia. Nadie sospechó, ni por un instante, que ese tipo alto y bien plantado de suave acento extranjero fuera la pobre Josefina.

Desde la muerte de su madre, y aún más tras la del padre, Aznárez había dejado de hacer esa vida social que odiaba pero a la que antes se había visto obligada por su docilidad de buena hija. De modo que su desaparición de los salones repletos de doncellas primorosas y ávidas matronas facilitó la aparición de Luis. En sus fotos como Freeman se la veía muy convincente: parecía un hombre, y además atractivo. Sus manos eran grandes y bonitas, sensibles pero viriles, nada que ver con las femeninas, chocantes manitas enjoyadas que le puso Egusquiza en el retrato de *El caballero incierto:* para entonces ya se había descubierto todo y el pintor estaba haciendo una obra simbólica. Si como mujer Josefina era considerada poco menos que un monstruo, de varón era vista como un príncipe. A Soledad siempre le regocijaba imaginar esa parte, el disfrute de Aznárez, su secreta revancha. Por añadidura, Freeman era simpático, alegre, un narrador fantástico; Josefina no sólo se estaba vengando de la sociedad santanderina: también se vengaba de la vida. En cuanto a la idea de alquilar un piso para el falso Luis justo enfrente del de ella, podía parecer un movimiento demasiado audaz y hasta arriesgado, pero en realidad era muy práctico y minimizaba el peligro, porque nadie se sorprendería de ver aparecer a uno u otra en la misma calle. La escena primordial en torno a la que Soledad pensaba estructurar la sección de Josefina era de hecho ésa, el nacimiento de Freeman, la llegada del cubano a la calle Atarazanas, con sus baúles en la acera y mirando el edificio de enfrente, los balcones entornados de Josefina, los visillos ondeando levemente con la brisa.

Al principio todo pareció funcionar de maravilla. Tras contactar con un editor, Freeman publicó su primera novela, *Punto de cruz,* un aceptable melodrama con ingredientes de crítica social y de misterio que obtuvo un éxito inmediato y que catapultó aún más al cubano a la fama. Su nombre llegó hasta Madrid y empezaron a invitarle las familias de la corte. Él iba dando largas; viajar era arriesgado y suponía tener que hacer salir también a Aznárez de la ciudad. Durante todo el tiempo que se mantuvo el engaño, la escritora vivía las dos vidas a la vez cada día, unas horas como él y otras horas como ella. Se había cortado el pelo como un varón y usaba pelucas y sombreros para ser ella misma. Es decir, que, de un modo u otro, reflexionó Soledad, en ambas identidades iba disfrazada. Había un retrato de ella como Josefina en esa época y se la veía horrible, como si hallara solaz en parecer aún más fea en su destino de mujer y en cambio rutilante travestida de hombre.

Diez meses después publicó su segunda novela, *El carnaval*, que también fue un gran éxito; pero para entonces la presión de esa existencia disociada debía de ser insoportable. Probablemente su criatura cobró demasiada fama; quizá Josefina nunca pensara que las cosas le iban a salir tan bien. En un momento determinado, acosado por las jóvenes casaderas, Freeman dijo que no podía comprometerse con nadie porque su corazón no estaba libre: y confesó a todo Santander su amor por su vecina Josefina Aznárez. Un amor sin esperanza, explicó, porque ella lo rechazaba una y otra vez de manera inclemente. La buena sociedad quedó espantada con la noticia; primero no pudieron entenderlo, pero después, como les era demasiado humillante suponer que el hombre de moda prefería a una ridícula y horrenda solterona antes que a ellos, decidieron creer que siempre le habían visto algo especial a la pobre Josefina, una espiritualidad, una fuerza interior, un no sé qué. Así que volvieron a invitar a la mujer a sus salones y, ante su resistencia a aceptar, empezaron a presentarse de improviso en su casa, visitándola a las horas más intempestivas. Soledad no sabía bien si la declaración de amor de Luis por Josefina había sido una simple estrategia para librarse de la presión casamentera, o si fue la venganza última de la escritora, su triunfo final. Incluso podía ser que, para entonces, la cordura de Aznárez se hubiera debilitado, que la realidad y la ficción se le mezclaran, que de verdad creyera que nadie podría amarla tan profundamente como el personaje que ella misma había inventado. Fuera como fuese, aquello fue el comienzo del desastre.

Las cosas habían llegado a un paroxismo tal que no parecía que la situación pudiera mantenerse mucho más, de modo que Josefina pensó en la manera de escapar. Durante algún tiempo fue trasladando la mayor parte de su dinero y todo el de Luis a bancos extranjeros, fue comprando oro y acciones de empresas internacionales. Y, al fin, un ventoso día de noviembre de 1893, año y medio después de la llegada de Freeman a la ciudad, la escritora puso en marcha su plan.

Era una idea complicada pero ingeniosa. En la noche del 2 de noviembre, cerca ya de las doce, Luis Freeman pidió al sereno que le abriera el portal del edificio de Josefina. Al hombre le extrañaron la hora y el nerviosismo que manifestaba el caballero cubano, pero accedió a ello porque conocía bien a Freeman, que era, de todos los vecinos de la calle, el que siempre le daba mayores propinas. Una vez en su casa, la escritora, que estaba sola porque la doncella tenía el día libre, puso dos copitas con restos de vino dulce sobre la mesa y volcó un par de sillas, tiró unos almohadones, fingió, en fin, el escenario de una lucha violenta. Como toque final, manchó con sangre de buey una elegante navaja francesa incrustada de nácar que Freeman solía llevar (decía que era un recuerdo de su padre) y la arrojó al suelo. A continuación esperó hasta que la noche empezó a palidecer y, siempre vestida como Luis, salió sin que el sereno la viera acarreando un atado grande que contenía un maniquí de trapo de tamaño natural que ella misma había cosido y luego aderezado con sus ropas de mujer y una peluca. Cogió un coche de punto y se bajó en la entrada al puerto, y a continuación caminó hasta el muelle fingiendo que el saco pesaba bastante, por si el cochero llegaba a ser interrogado. En la triste y sucia media luz del alba subió sigilosa a uno de los baños públicos flotantes, aún cerrados a esas horas. Como ella preveía, a un centenar de metros de distancia, en los muelles de atraque, las estibadoras ya se encontraban trabajando en la descarga de un barco de mercancías. Aznárez esperó hasta asegurarse de que las cargadoras la habían visto y, levantando aparatosamente el maniquí, exclamó: «¡Adiós, Josefina!» y lo arrojó al agua. Según declararon después las mujeres, fue un grito gutural, escalofriante y muy auténtico. Lo que no sabían las estibadoras era que en realidad no había lanzado el pelele al mar, sino al suelo; y que, guareciéndose en las sombras, lo volvió a meter en el atado y se marchó. Cinco minutos más tarde estaba subiendo con su saco por la pasarela del *North Star*, un barco con destino a Southampton que tenía previsto partir a las cinco de la tarde y al que había ordenado enviar con antelación su equipaje de Luis Freeman. Una vez hecho todo, Josefina se encerró en su camarote de primera y se dispuso a esperar. Su doncella no regresaría a casa hasta las siete de la tarde; sería entonces cuando viera el escenario del crimen, la navaja, la sangre. Cuando diera la alarma. Cabía la posibilidad de que las cargadoras hubieran ido antes a la policía, pero Josefina lo dudaba, y además, aun habiéndolo hecho, sin cuerpo no les harían ningún caso. Su testimonio vendría bien después para completar el puzle, pero eso sería mucho más tarde y Josefina ya estaría a salvo en Inglaterra. Y de allí, a Brasil: le encontraron un pasaje en la maleta. Con primoroso detallismo de novelista, había dejado en casa de Freeman una carta a medio redactar dirigida a Josefina: «Si sigues rechazándome, haré una locura...».

Sí, era un plan endiabladamente complicado, una historia que sólo habría sido capaz de urdir la imaginación febril de una escritora de melodramas, pero lo llevó a cabo a la perfección y podría haberle salido. Sin embargo, el destino a veces es tan cruel como el gato que juega con el ratón antes de devorarlo. Ese día 3 de noviembre de 1893, a la una y media de la tarde, se declaró un incendio en un barco atracado en un muelle no muy lejano. Era el *Cabo Machichaco*, un vapor que hacía servicio de cabotaje entre Bilbao y Sevilla. Llevaba una carga de varios garrafones de ácido sulfúrico y el fuego se declaró al estallar uno de ellos. Lo que no se sabía era que el vapor también transportaba cincuenta y una toneladas de dinamita. A las cinco de la tarde, justo cuando el *North Star* estaba desatracando, las llamas, que todavía no habían podido ser controladas, hicieron volar por los aires el *Cabo Machichaco*. La brutal onda expansiva recorrió la bahía y varios edificios se derrumbaron. La explosión fue de tal calibre que una pesada maroma del barco llegó hasta el pueblo de Peñacastillo, a cinco kilómetros de distancia, matando en su caída a un hombre. También salieron volando diversos restos humanos: encontraron dos piernas en el tejado de un almacén de maderas a dos kilómetros del muelle. Tras el estallido, un incendio arrasó numerosas viviendas de la ciudad. Murieron quinientas noventa personas y hubo cientos de heridos. Fue la mayor tragedia civil que ocurrió en España en el siglo xix, y le tocó precisamente a Josefina Aznárez. ¿Era o no era una perfecta maldita?

A la semana siguiente de aquel desapacible 1 de enero, Soledad llamó a Adam para quedar.

—No sé si debemos vernos. Estoy fatal —contestó el ruso con una voz nasal irreconocible.

Tenía fiebre, dolor de garganta, tosía. Para colmo, la caldera de su casa se había roto y no disponía de agua caliente ni de calefacción.

—¡Con el frío que hace! Te va a dar una pulmonía. Reclama a tu casero, dile que te arregle la caldera —se preocupó Soledad.

—Ya lo he hecho. Les falta una pieza. Tardarán tres o cuatro días en recibirla.

Se le oía tan derrotado, tan deprimido.

—Vente a casa —dijo Soledad irreflexivamente, en un impulso—: Vente hasta que te arreglen la caldera. Como amigos. Cuidaré de ti.

Hubo un silencio al otro lado. Me estoy equivocando, pensó ella. No debería haberlo invitado.

—¿De verdad harías eso por mí? —dijo Adam.

—Claro que sí —respondió, aunque una parte de ella hubiera querido decir: claro que no.

—Pues gracias. Gracias. Voy para allá.

Soledad colgó, muy nerviosa. A medias emocionada, a medias aturdida e inquieta. Una pequeña luz roja de alarma se encendió en su cabeza, pero ella la empujó bien hacia el fondo.

Adam llegó a los tres cuartos de hora con algo de muda en una bolsa de deportes. Estaba más pálido que de costumbre y tenía los ojos enrojecidos. Soledad le besó castamente en la mejilla: ardía.

—Venga, métete en la cama. Te voy a hacer un zumo de naranja.

Cuando le llevó el vaso, se lo encontró acurrucado bajo las mantas como un niño. Apenas asomaba la nariz.

—Gracias. Nadie había hecho nunca algo así por mí —dijo.

Tierno, inerme, entregado.

—El qué, ¿prepararte un zumo? —bromeó; pero estaba muy conmovida.

Lo veía triste y roto, de modo que se esmeró en cuidarlo. Odiaba cocinar, pero le hizo tortillas a la francesa, le compró jamón de York y panecillos crujientes, le exprimió media cosecha levantina de cítricos. Se sentía tan bien dándole mimos que ni siquiera tuvo miedo de contagiarse. Y, en efecto, no se contagió.

Durante dos días todo fue perfecto. Al tercero, viernes, hicieron el amor: Adam ya casi estaba recuperado. Fue un encuentro carnal afectuoso y natural, lleno de complicidad y de ternura. Esta vez sí que no ha debido de tomarse ninguna Viagra, ningún Cialis, pensó ella, esperanzada, y estuvo a punto de preguntárselo. Pero en el último momento se calló, porque uno no debe plantear cuestiones cuya respuesta tema conocer. Y además, ¿para qué torturarse cuando todo fluía? Soledad tenía que ir a Barcelona a participar en un congreso europeo sobre me-

162

cenazgo y gestión pública en el arte: angustiada como se sentía por el aumento de sus gastos, estaba aceptando todos los trabajos que le proponían. Su conferencia era el sábado, aunque tan tarde que no había AVE de vuelta y tendría que regresar el domingo. Le pagaban bien, pero lamentaba tener que romper esa pequeña burbuja de dicha y bienestar.

—Te quiero pedir un favor —dijo de pronto Adam.

Estaban todavía en la cama, desnudos, ella con la cabeza apoyada en el pecho del ruso, él rodeándola con sus brazos. Allá abajo, dentro de ese cuerpo poderoso, palpitaba el corazón del chico. Un tranquilo batir que retumbaba en la oreja de Soledad.

—Ya sé que te vas mañana, pero no arreglan la caldera hasta el lunes. Por favor, déjame quedarme. Si me voy a mi horrible piso, tan helado y con las ventanas que no cierran bien y tan deprimente, estoy seguro de que me pondré otra vez malo.

Soledad sintió una sacudida en el estómago. Sin querer, contuvo el aliento y se puso rígida. Adam advirtió de inmediato la tensión. La empujó con suavidad para apartarla y se sentó en la cama.

—Nada, no he dicho nada. Perdona, Soledad. No te preocupes. Ya has hecho demasiado por mí. Me marcho —dijo, en un tono razonable, mientras se ponía los calcetines.

—Pero... espera. Te puedes quedar hasta mañana por la mañana... —balbució ella.

—No, de verdad. No te preocupes. Mejor me voy ahora. Perdóname por preguntar, no debí hacerlo. Muchas gracias por todo. De verdad.

Estaba de pie buscando los bóxers, desnudo pero con calcetines. Tenía un aspecto doméstico y chistoso.

—No, perdóname tú a mí. Es que... Bueno, no sé, no es que no confíe en ti, sino que es como un paso de intimidad que... Pero bueno, vale, quédate, no pasa nada —dijo al fin Soledad.

Las alarmas empezaron a sonar en su interior.

—No te sientas forzada...

—No, en serio, quédate.

Las sirenas aumentaron de diapasón.

Adam sonrió, un gesto explosivo, el sol rompiendo las nubes tras una tormenta, y se metió de un salto en la cama con una expresión de pura felicidad bailándole en la cara.

—¡Qué bien! Pensar en ir ahora a esa nevera espantosa de mi casa me mataba. Muchas gracias.

Y me veré obligada a darle las llaves, pensó Soledad con la boca seca. Alarmas ululantes, cegadoras luces rojas de peligro. Que ella se apresuró a pisotear y a sepultar en las zonas abisales de la conciencia.

Aunque Soledad detestaba madrugar, había cogido el AVE de las ocho y media de la mañana porque estaba deseando regresar a casa. Lejos del influjo intoxicante de Adam, cada vez le parecía una locura mayor haberle confiado las llaves, haberle dejado en su piso. «Homble bueno, homble bueno», le había dicho dos días antes la china de la tienda de comestibles en su pésimo español, aferrando las manos de Soledad con emoción. Su marido había sobrevivido a la cuchillada del asaltante y estaban los dos de regreso, muy agradecidos por la intervención de Adam. «Homble bueno, homble bueno», repetía la china como un mantra, y Soledad ansiaba creerle. Pero ahora sólo podía ver en su recuerdo el puño del ruso cayendo bárbaramente una y otra vez sobre la sien del tipo. ¿Podía ser un buen hombre alguien capaz de semejante violencia? Soledad sintió que se le recrudecía la angustia, que el miedo daba vueltas dentro de su estómago como un león en su jaula. El trayecto Barcelona-Madrid sólo duraba dos horas y media, pero cada minuto se le estaba haciendo eterno. Había hablado con el ruso la noche anterior y él le había respondido desde la calle. Si se encontraba tan mal como para no volver a su apartamento, ¿por qué había salido? O aún peor, ¿por quién?

Crispada, sintiéndose febril (¿al final le habría contagiado el resfriado?), Soledad agarró el periódico para intentar distraerse. La primera página chorreaba la sangre de varios atentados y no le pareció lo más indicado para aliviar su ansiedad, de manera que cogió el suplemento dominical y empezó a hojearlo. Moda, entrevistas, un reportaje sobre el deshielo de los polos... Y, de repente, Marita. Marita Kemp, la maldita arquitecta, en una foto a todo color, sonriente y encantada de sí misma, con un cuadro abstracto a las espaldas y dos adolescentes junto a ella, una chica y un chico, sin duda sus hijos. Bastante feos y, además, gordos, sobre todo el chaval, pensó Soledad con ruin satisfacción: seguro que esa pija llevaría fatal lo de la gordura. El cuadro era un Rothko, era el Rothko naranja y amarillo del Reina Sofía, así que la instantánea debía de estar hecha en el museo. Leyó el pie de foto: «Marita Kemp, arquitecta de exposiciones y eventos, con sus hijos Borja y Laura». Pero ¿qué demonios hacía ahí? Dio la vuelta a la página para buscar el comienzo del reportaje; había otras fotos de hombres y mujeres en diversos ambientes, siempre con niños. *La palabra de moda es conciliar,* se titulaba la historia. Comenzó a leer el texto con rapidez, en diagonal, sin entrar en detalle. Diversos profesionales intentando compaginar sus trabajos con el cuidado de sus hijos. Mejor dicho, faltaba un matiz importante: diversos profesionales de éxito intentando compaginar sus triunfales trabajos con los críos. Cuando tropezó con el nombre de Marita, Soledad desaceleró su carrera lectora y se sumergió con atención en el reportaje. Elogios rimbombantes de Kemp hechos por la periodista, que, a fin de cuentas, tenía que vender el valor de su pieza y, por consiguiente, el de sus entrevistados; insulsas y convencionales declaraciones de la arquitecta... De pronto, Soledad se irguió en el asiento, los ojos desorbitados, un dedo de hielo subiendo por su nuca: «El próximo proyecto de Kemp es una exposición que está preparando para la Biblioteca Nacional: "Se trata de la muestra más grande que jamás se ha hecho allí, porque contará con el Fondo Duque de Ruzafa. Yo no había trabajado antes con la Biblioteca, pero al ser un evento tan importante pensaron que necesitaban a alguien con experiencia en grandes exposiciones y me llamaron. La vamos a titular *Escritores excéntricos* y estoy segura de que va a ser preciosa. Aunque, claro, con trabajos de tanta responsabilidad es cuando más difícil resulta conciliar"». Soledad no daba crédito: ¿necesitaban a alguien con experiencia en grandes exposiciones y por eso la llamaron? Parecía que Marita era la dueña de la idea, la responsable de la muestra. ¡Y a ella ni siquiera la citaban! ¿Y qué era eso de que se iba a titular *Escritores excéntricos*?

Encendida de furia, llamó a la directora de la Biblioteca, olvidando en su enajenación que detestaba hablar por teléfono y que odiaba aún más hacerlo desde el AVE. Santos Aramburo contestó al primer timbrazo:

—Dichosos los oídos, Soledad. ¿Qué tal estás?

Decidió ahorrarse los saludos y entrar directamente en materia.

—Ana, ¿has leído el suplemento dominical de *El País* de hoy?

—Pues todavía no, porque no sé si te has dado cuenta de que son las nueve de la mañana y es domingo, y la verdad es que aún estoy en la cama.

—¡Ah! Perdón. Lo siento...

—No importa. Ya estaba despierta. No lo he leído, pero supongo que llamas por lo de Marita...

—Sí...

—Me lo mandó ella ayer por email para que yo supiera que iba a salir.

Ana calló y Soledad también, esperando las siguientes palabras de la directora. Pero como tardaban en llegar, o al menos eso le pareció, barbotó:

—¿Y qué te ha parecido? ¡Yo es que estoy alucinada!

—Sí, es un poco alucinante pero no creo que tenga mayor importancia. Ella me dijo que había dado tu nombre y que la periodista no lo puso, puede ser verdad...

—Yo no me lo creo. ¿Y lo de *Escritores excéntricos?*

—Sí, eso me fastidió más porque ¿quién le manda a ella cambiar unilateralmente el título de la muestra y además soltarlo en la prensa?

—Pretender cambiarlo —puntualizó Soledad, cada vez más nerviosa.

—Marita se siente fuerte porque tiene detrás de ella a Triple A, Soledad, ése es el problema. Sobre el título me dijo que *Escritores malditos* resultaba ambiguo, que tú no habías sido capaz de delimitar en una definición coherente a quiénes llamabas malditos y por qué, que entre los escritores que estás escogiendo hay casos muy distintos, y que ella pensaba, y Triple A también, que *Escritores excéntricos* resolvía la cuestión, porque todos eran excéntricos, desde luego.

—El colmo.

—Bueno, *Escritores excéntricos* tampoco es un título que esté mal. Resulta atractivo...

—Y superficial.

—Da igual, no estoy diciendo que lo cambiemos, o sí, si con eso van a mejorar las relaciones. La exposición es tuya, Soledad, y la verdad es que me estoy hartando de Marita. Pero la tenemos en el barco, qué se le va a hacer, y encima se ha hecho muy amiga del armador, digamos. Se ha hecho amiga de nuestro Onassis. Así que vamos a necesitar mucha mano izquierda. Mira, este reportaje no importa nada. Nadie se va a acordar de él mañana. Lo que importa es el mar de fondo. Lo que importa es que te tienes que poner las pilas, Soledad; tienes que venir más por la Biblioteca, y hablar más con Marita y con Triple A. Sé que, como buena artista que eres, prefieres trabajar sola. Pero en este caso las cosas están así... Tienes que pelearle a Marita su influencia, y eso sólo lo puedes hacer apareciendo.

Soledad escuchaba consternada. Ella no sabía hacer eso. No sabía intrigar. Ni conquistar a la gente que le caía mal.

—No sé hacer eso.

—Sí sabes, y lo harás, porque no hay más remedio. No te preocupes, yo te voy a ayudar. Estoy y estaré contigo. Ánimo, nos va a salir una exposición maravillosa, ya lo verás.

Colgó sintiendo un nítido, desapasionado deseo de morirse. Desaparecer, borrarse, no existir, no luchar, no fracasar. Rígida, sudando, con la boca seca y el cerebro funcionando a tantas revoluciones que no conseguía entender sus propios pensamientos, Soledad se sentó muy recta en el sillón e intentó concentrarse en la respiración, relajarse un poco, apretar los labios para no soltar palabras en voz alta, para no insultarse, como a veces hacía en sus soliloquios cuando le entraba la desesperación.

Dos horas después, llegando ya a Madrid, había conseguido calmarse bastante. Ahora, más que desquiciada, estaba deprimida.

Cogió un taxi enseguida y a las doce en punto estaba saliendo del ascensor en su descansillo. No había querido llamar a Adam por la mañana, no sabía muy bien por qué; o sí, quizá la movía un aniñado y estúpido deseo de pillarlo por sorpresa, de ver qué estaba haciendo. El ruso sabía que ella volvía el domingo, pero ignoraba cuándo. Ella tan sólo le había dicho de una manera vaga que llegaría como a primera hora de la tarde.

Dejó la pequeña bolsa de viaje en el suelo y metió la llave en la cerradura. Y ahí se quedó quieta. Es decir, no giró, no se movió, no consiguió hacer funcionar el mecanismo. Estaba bloqueada.

—Pero ¿qué demonios...?

Sacó la llave, la miró y remiró para comprobar que era la buena, cosa que por otra parte ya sabía, porque en la anilla sólo llevaba tres llaves, ésa, la del buzón y la del portal, y eran todas muy distintas. Volvió a probar y nada, no había manera de que girara el bombín. Sintió que la furia le subía cuerpo arriba como un golpe de calor. Bastaba con que se ausentara veinte horas de casa para que el intruso rompiera o manipulara la puerta, de manera que ella no pudiera abrirla. Hasta su propia casa la expulsaba. Hasta en su hogar se conspiraba contra ella. Apoyó el dedo en el timbre y lo dejó ahí apretado, dispuesta a reventarle el tímpano al gigoló. Oyó ruido de pasos y luego el sonido de la cerradura. Adam apareció en el umbral con el torso desnudo, los pantalones de su pijama azul y los pies descalzos. Sonrió encantador enseñando el llavero que colgaba de sus dedos.

—¡Perdona! Me la dejé puesta anoche. Por eso no podías abrir. Estaba durmiendo. ¿Qué hora es?

Parecía una frase inocente, pero Soledad se descompuso. Toda la ansiedad vivida en ese día le brotó de golpe. Perdió los nervios y le dio una especie de ataque de furia.

—¿Y tú dices que vives solo? ¿Dices que vives solo? ¡Mientes! ¡Nadie que viva solo deja la llave puesta por la noche en la cerradura! ¡Acabas de traicionarte!

Adam la miraba anonadado, verdaderamente atónito. Incluso se le abrió la boca, en la más pura estampa de la incomprensión.

—¿Qué? ¿Pero qué dices? ¿Pero qué es eso de la llave? —farfulló.

—¡Nadie! Nadie, ¿entiendes?, ¡nadie que viva solo deja la llave puesta en la cerradura, porque si se cae o tiene un infarto por la noche no pueden entrar a rescatarlo! —aulló Soledad como una posesa—: ¡Por eso estoy segura de que vives con alguien!

Estupefacto, el ruso cerró la puerta, que aún seguía abierta, y, dando media vuelta, se dirigió hacia el dormitorio sin decir nada. Soledad le siguió y le agarró de un brazo.

—¡No te consiento que me dejes con la palabra en la boca!

Adam se volvió y la miró. Asustado.

—Estás loca. Estás chiflada. No te entiendo. Se me olvidó llave puesta y ya está. Me pasa a veces. No pienso en infartos yo.

Por supuesto. Claro que no. Con treinta y dos años. Cómo iba a pensar en la muerte. Adam vivía todavía en el territorio de la eternidad. Soledad sintió como si cayera sobre ella un cubo de agua helada, devolviéndole bruscamente el sentido. No, ella no estaba loca. La loca era Dolores. Ella estaba sola, vieja y desesperada. Se cubrió la cara con las manos, llena de vergüenza.

—Perdóname. Perdóname. Perdóname.

Entreabrió los dedos y miró al gigoló. Se le veía bastante receloso.

—Perdóname. Es que acaba de suceder algo muy... inquietante y desagradable relacionado con mi trabajo y creo que lo he pagado contigo.

—Ah. Bueno. No importa. Lo entiendo. Me visto y me voy. Gracias por dejarme la casa —las palabras parecían amables, pero el gesto era seco.

—No, no te vayas. Quédate hasta mañana. Ése era el plan, ¿no? Hasta que te arreglen la caldera.

—No, no te preocupes. Mejor me voy ya. No quiero darte más la lata.

—¡No me das la lata! De verdad, quédate. Quédate y te contrato. Te pago una sesión —rogó.

Y se odió a sí misma por decir eso, se odió por el tono menesteroso y pedigüeño. Se odió por humillarse tanto.

Adam la miró con expresión indescifrable durante unos incómodos segundos. Luego sacudió la cabeza.

—Bueno. Vale. Muy bien. Pero de todas maneras ahora tengo que marcharme unas horas, porque me ha salido trabajo. Si quieres vuelvo luego.

—¿Un trabajo de escort? —dijo ella, un poco temblorosa.

—No, no. Ayer me llamó el Chispas, mi antiguo jefe. No quedamos nada amigos pero el cabrón ahora me necesita, je —explicó Adam con una mueca de satisfacción—: Estamos cambiando el sistema eléctrico de un almacén en Vicálvaro. Un sitio enorme. Un almacén de los chinos. Tienen de todo. La nave es de un amigo de mi jefe y es bastante vieja, y el otro día hubo un incendio en el cableado. El Chispas ha llamado a todos los electricistas que conoce para que arreglemos cuanto antes, porque el chino es un mafioso. El amigo de mi jefe tiene miedo y por eso corremos. El lugar es alucinante, hay muñecas y pelotas y relojes y zapatillas y montones de mierdas, estanterías y estanterías llenas de cosas horribles. Ayer ya estuve trabajando y volví muy tarde. El Chispas ha organizado turnos. Y paga extra por el trabajo urgente. Ya ves, ha tenido que joderse y pedirme que le ayude. Y pagarme bien. Yo hoy entro a las tres, pero si quieres vengo luego.

La historia de ese pequeño triunfo sobre su antiguo jefe parecía haberle devuelto al ruso el buen humor: ya no quedaba ni rastro del anterior recelo. Soledad suspiró. Por supuesto que quería que viniera. ¿Tenía que pedírselo de nuevo?

—Sí, claro. Ven, por favor. Te espero.

De modo que Adam se marchó a Vicálvaro, y mientras tanto Soledad fue a la pastelería Mallorca de la calle Serrano y compró algo rico para picar. Luego, como siempre, se duchó, se lavó el cabello, se depiló las piernas, se afeitó el pubis, se dio crema hidratante, se pasó media hora pensando qué ponerse, se maquilló con esmero. A continuación bajó al banco y sacó el dinero de la tarifa del escort. Después intentó trabajar, con escasos resultados, hasta la vuelta del ruso. Adam regresó a las once y media de la noche. Cenaron, ella le explicó lo del reportaje de Marita y el cambio de título de la exposición y él no pareció entender gran cosa del porqué de su angustia; Adam, por su parte, volvió a relatarle con prolija fascinación cómo era el almacén chino, y Soledad se aburrió bastante. Tras recoger la mesa, ella le pagó y él guardó con naturalidad el dinero en su despellejada billetera. Se acostaron e hicieron el amor con la luz apagada, como los matrimonios. La carne fue gloriosa, como lo era siempre. Luego se desearon buenas noches y Soledad se durmió llorando.

«La carne está triste y ya he leído todos los libros», decía Mallarmé. Y eso que murió con cincuenta y seis años. Soledad, más vieja que el poeta, había tenido tiempo para empezar a releer y para entristecerse un poco más que él. Lo cierto era que, desde hacía unos cuantos meses, la melancolía se acumulaba dentro de ella como una niebla espesa y fría. Tal vez fuera el desconsuelo de haber alcanzado los sesenta años, cuando por dentro seguía teniendo dieciséis.

Miró el reloj y torció la boca con gesto de fastidio. Estaba en el bar del Círculo de Bellas Artes esperando a la periodista Rosa Montero y ya pasaban diez minutos de la hora. Un retraso de diez minutos empezaba a ser grosero. Cierto que era ella la interesada, era Soledad quien se había puesto en contacto con Rosa, pero aun así. Se creería muy importante. No la conocía en persona, pero nunca le había caído bien. A Soledad no le caían bien las escritoras porque le recordaban que ella no escribía. Comprendía que era una emoción mezquina por su parte, pero no podía evitarlo.

Ah, ahí estaba... Sin duda era ella. Acababa de aparecer en la puerta. Se puso en pie y la saludó con la mano para darse a conocer. Montero sonrió y se apresuró a acercarse sorteando las mesas del gran salón.

—¡Perdona el retraso! Me lie, salí tarde, lo siento —dijo, sin aliento, mientras se quitaba el abrigo.

Por lo menos no le ha echado la culpa al tráfico, pensó Soledad.

—No te preocupes, no pasa nada. Gracias por venir.

La periodista se sentó con acelerada torpeza y en un instante lo ocupó todo: el abrigo, el bolso y la bufanda desperdigados por todas partes, el móvil, los auriculares y un montoncito de libros desparramados sobre la mesa. Su llegada fue como un maremoto. Soledad, siempre tan organizada y meticulosa, se echó hacia atrás. Se sentía invadida.

—Un té con leche, por favor —pidió Montero al camarero que acababa de materializarse a su lado—: Y un vaso de agua. Y... perdone —alzó la voz cuando el hombre ya se iba—: ¿Tendrían una pastita o algo? ¿Algo dulce pequeño?

Por favor, ¿es que no podía pedirlo todo de una vez? Qué desorden de mujer. Soledad la analizó con ojos duros y subrepticios: ¡llevaba unas botas de Dr. Martens con rosas bordadas! Y ropa de Zara o algo peor, ropa de una de esas malas cadenas de tiendas para adolescentes. Por todos los santos, ¿se creería que disfrazándose así iba a engañar al tiempo? ¡Pero si Rosa y ella debían de tener más o menos la misma edad! No era una jovenzuela, por más que quisiera vestirse como si lo fuera.

—Muchas gracias por venir. Como te dije en el email, estoy preparando una exposición para la Biblioteca Nacional sobre escritores malditos y Josefina Aznárez es la figura central. Guardo todavía el recorte de aquella semblanza biográfica que hiciste sobre ella hace quince años. Estaba muy bien. En el texto hablabas de que habías encontrado a unos descendientes suyos...

—Sí, una sobrina nieta. O sea, el hermano de su padre tenía un hijo y éste tuvo otro hijo y una nieta. Creo que es la única familia. Cuando hice el perfil sabía de su existencia pero no había podido localizarla...

—Ah, qué pena. Precisamente estaba muy interesada en contactar con la familia para intentar saber a ciencia cierta qué pasó con Josefina... En tu artículo no lo aclarabas...

—Sí, claro, ya sabes que había informaciones contradictorias. Tú tampoco encontraste nada cuando hiciste aquella exposición, ¿no?

—Sí, bueno, lo que se sabía era que el *North Star* se había visto afectado por la explosión, que Josefina resultó herida, que la llevaron al hospital y al quitarle la ropa de Luis Freeman descubrieron que era una mujer... Días después saltó el escándalo y los periódicos contaron la historia de Aznárez y de su doble vida como varón y todo eso, pero por entonces todavía estaba en el hospital y no sé si se murió o qué fue de ella. Por lo menos yo no conseguí encontrar ninguna referencia más —dijo Soledad.

—Ni yo tampoco logré nada entonces. Con toda la tragedia del *Cabo Machichaco* los periódicos estaban muy ocupados. Contaron la parte más sensacionalista del caso Aznárez y luego la historia desapareció.

Acalorada, Rosa Montero se había subido las mangas del jersey, dejando a la vista un montón de pájaros tatuados en un brazo y una salamandra en el otro. ¡Y encima estaba tatuada! Soledad tuvo que reprimir un bufido burlón. Y, sin embargo, esta mujer se atrevía a escribir novelas. Qué disparate.

—Pero verás, después de que yo publicara aquel perfil, la sobrina me mandó una carta y me contó lo que le había pasado a su tía. Lo incluí en la reedición de mi libro de biografías, *Historias de mujeres...* —explicó Montero, y luego se tragó una pasta de té de un solo bocado—: Es que no he comido —añadió exculpatoriamente.

—Lo siento, no lo leí...

—No importa. Te he traído un ejemplar de bolsillo. Pues la historia es tremenda: Josefina se recuperó de sus heridas, pero la metieron en el Departamento de Dementes del Hospital General. Y allí estuvo hasta finales de siglo, cuando la trasladaron al recién creado manicomio de Valladolid. Nunca volvió a salir. Murió allí en 1933. Se pasó cuarenta años encerrada, desde los treinta y siete hasta los setenta y siete. En aquellos manicomios. Pobrecita.

Soledad se quedó espantada. Pobrecita Josefina, sí. Pobrecita Dolores. Aunque los manicomios de ahora eran mejores. ¿O no?

—Qué horror... —musitó.

—Sí, el horror, el horror, como diría Kurtz en *El corazón de las tinieblas* —resopló Montero—: Pobre Josefina. Es una vida tan trágica, ¿no? Tan conmovedora. Lo primero, ser escritora y no poder publicar porque vives en un mundo tan machista. Pero además la pobre, como tantas otras mujeres de su época, dedicó su juventud a cuidar de sus padres y se quedó así fuera de la existencia, aparcada, anulada... Sin conocer el amor en toda su vida. Qué tremendo, ¿no?

Soledad estaba empezando a marearse. Un sabor a cenizas y herrumbre en la boca. Asintió con la cabeza, incapaz de hablar.

—Yo me la imagino muy bien, creo que la entiendo muy bien, debía de ser una mujer llena de pasión, me la imagino inundada, ahogada por su tremenda necesidad de querer... Yo creo que inventó a Luis Freeman no para poder publicar sus novelas, que también, sino sobre todo para vivir el ensueño de un amor —añadió con rotunda vehemencia la periodista.

—Ya... Mmmmm... ¿Volvió a escribir algo durante el tiempo que estuvo internada? —se esforzó en decir Soledad para cambiar de tema.

—Me comentó la sobrina que al parecer había hecho algo así como un diario, pero vamos, creo que muy poco. Nada. Cuarenta años sepultada en vida.

Soledad miró a Rosa con inquina.

—Leí que tu... que tu marido murió hace poco, ¿no?

La escritora endureció levemente el gesto. No parecía complacerle hablar de eso.

—Sí.

—Perdona. Lo siento mucho. ¿Puedo preguntarte cuánto tiempo estuvisteis juntos?

Montero la miró con recelosa curiosidad.

—Veintiún años.

Soledad notó que la sangre empezaba a hervirle en las venas.

—Y entonces, ¿cómo dices que la entiendes, cómo sabes lo que sentía una mujer que no conoció nunca lo que es el amor?

Rosa sonrió:

—Bueno, es que con mis biografías hago lo mismo que con los personajes de mis novelas, te metes dentro, ¿sabes? Te vives dentro de esas vidas. Todos tenemos todas las posibilidades del ser dentro de nosotros, es lo que decía el romano Terencio, «nada de lo humano me es ajeno». Entonces te imaginas dentro de esa otra existencia, te dejas llevar por ella, permites que el personaje te cuente su historia, que te envuelva en ella... Es como surfear, ¿sabes?, como subirte al lomo de una ola poderosa y salpicada de espuma y dejar que te arrastre y te lleve hasta la playa... —peroró seudopoéticamente la escritora.

—¿Tú haces surf?

—¡No!

—¿Y entonces cómo demonios sabes lo de la ola y la espuma y todo eso? —se desesperó Soledad, incapaz de contener su irritación.

Montero rio con genuina alegría y los ojos le chispearon:

—Eso también me lo imagino.

27 de enero, martes

Aprovechando que A. estaba fuera, esta mañana entré en su portal con una identificación falsa que me acredita como agente del censo. El edificio es muy grande, con un número elevado de viviendas. Empecé por la planta superior y fui bajando. Muchos vecinos no estaban en casa, pero no perdí la esperanza porque no la había visto salir. Cuando me abría alguien que no era la persona a la que yo estaba buscando, lo despachaba enseguida: sólo le preguntaba si era propietario o inquilino y le anunciaba la próxima llegada de los papeles del censo. A continuación, marcaba su apartamento para descartarlo. No quería perder tiempo. Aun así, me llevó casi treinta y cinco minutos llegar a la puerta L del segundo piso. Bingo: me abrió la mulata: como había intuido, tiene su propio apartamento. De cerca parece aún mucho más joven. Le expliqué lo del censo, la interrogué con habilidad y me lo contó todo: es inocente y crédula. Tiene veintiún años, es brasileña, nació en Bahía; se llama Jerusalém, y su hijo, que acaba de cumplir tres años, Rubem. Dice que trabaja limpiando pisos, aunque no tiene aspecto de limpiar pisos. Sus papeles están en regla y me los enseñó toda orgullosa. Le conté que no conseguía encontrar a algunos de sus vecinos; que, por ejemplo, no lograba hablar con Adam Gelman, el que vivía en el primero F, ¿lo conocía? Sí, conosco, conosco, entró al trapo enseguida esa alma de cántaro, y puso ojitos tiernos. Vive solo, dijo, y se echó a reír, bueno, vive solo por ahora, añadió con cara pícara. Entonces decidí probar suerte y le conté mis penas, todas inventadas: que necesitaba de manera angustiosa este trabajo, que estaba al borde del desahucio, que acababa de romper mi matrimonio. Compadecida, Jerusalém me abrió su corazón y me regaló dos o tres consejos pueriles. Luego, con una voz cantarina que atropellaba la sintaxis, relató su historia. Entró en España por Barcelona, traída por una mafia, y trabajó en una barra americana: pero sexo no, pero sexo no, repitió con énfasis. Aunque allí tuvo a Rubem con, repito sus palabras, «el hombre equivocado». No era una mafia muy mala, así que, cuando terminó de pagarles el viaje y los papeles, los abandonó y se vino para Madrid. Pero, aunque no era una mafia muy mala, ella se ha escapado, así que tiene bastante miedo. Aquí conoció a A. Desde el principio él quería con ella, pero ella con él no. Estaba asustada, temía por su niño, no se fiaba de los hombres. Eso no lo contó, pero ha debido de tener una vida bastante dura. Con el tiempo, sin embargo, se dio cuenta de que A. es bueno, muy bueno. Quiere darle su apellido a Rubem, aunque no sea su hijo. Y ha sido paciente y cariñoso. Ha soportado las inseguridades y los recelos de ella, que hacían que de repente se acobardara y no lo quisiera ver, como sucedió a principios de año. Pero ahora, me dijo muy seria la mulata, ya se había decidido. A. tenía un negocio muy importante entre manos, y en cuanto lograra coger todo el dinero, se marcharían los tres a Brasil. ¿Que qué negocio era? Ella, Jerusalém, no lo sabía. Pero era algo grande. Con ese dinero se irían los tres a Bahía y ella pondría una cabina de esteticista en su casa, haría la cera y limpiezas de cutis, manicura y masajes. Ayer mismo el ruso le volvió a pedir que se casara con él, y esta vez Jerusalém dijo que sí.

Negra noche del alma. En la penumbra, Soledad miraba dormir a Adam, su brazo de músculos largos, su hombro redondo y desnudo, su mano preciosa reposando con laxo sosiego sobre el edredón. No hacía ni un ruido: mostraba la placidez de un niño. Ella, en cambio, estaba siendo asaltada por los insomnes demonios de la oscuridad, que la aguijoneaban con mil pensamientos tenebrosos.

Lo estaba perdiendo.

Estaba perdiendo a Adam, lo sabía con la certidumbre de la piel, de la carne, de cada una de sus células. Y si ahora lo estaba perdiendo era porque hubo un tiempo en el que lo tuvo. Pese a ser un gigoló, pese a que le pagara, pese a ser un puto, Soledad sabía que hubo un momento en que el ruso se sintió atraído por ella. La necesitaba, la buscaba, se entregaba entero al hacer el amor. Pero luego esa fisura emocional se cerró y ahora le parecía un extraño. ¿Qué era peor, que nunca te hubieran querido o que te hubieran dejado de querer? Soledad hizo chirriar los dientes para no gritar. Era mucho peor lo segundo, mucho más doloroso e insoportable. Soledad podía imaginar lo que el ruso se estaría diciendo: ah, vaya, por un momento creí que esta mujer me gustaba, pero ahora comprendo que me equivoqué. ¿Qué pude ver en ella? Es sólo una vieja, una clienta fastidiosa más, una desilusión, un aburrimiento.

Fracasar en el amor desataba el apocalipsis. Las rupturas sentimentales no se limitaban a reventarte el corazón: su onda expansiva debía de llegar hasta la base misma de tu personalidad, porque además te destruían el mundo. La hechicera Alcina aullaba de dolor en la ópera de Händel cuando perdía el amor de Ruggiero. Ni siquiera su magia seductora de bruja poderosa duraba para siempre; el caballero ponía sus ojos en otra y a Alcina sólo le quedaba chillar y llorar, porque, cuando llegaba el desamor, la vida dejaba de tener sentido. Sombras y sufrimiento, y un vacío interior que abrasaba como una quemadura.

Era como si, al perder la ilusión embellecedora de la pasión, quedara al descubierto la acongojante realidad. Las roñosas bambalinas tras el decorado. A veces Soledad se preguntaba si la violencia de sus amores no estaría exacerbada por su pasado, por esa niñez asquerosa que le enseñó a pensar que la existencia era algo insoportable. Guardaba pocas fotos de la infancia y todas le resultaban demoledoras. Eran instantáneas en apariencia alegres, y eso era lo peor. Retratos de Dolores y de ella con siete u ocho años, con cintas de raso en el pelo, sonriendo como si fueran niñas normales. Pero en los bordes de la fotografía, en todo lo que quedaba fuera y no se alcanzaba a ver, se amontonaban las tinieblas. Esas nenas tan sonrientes se metían ya ellas solas en el armario, se encerraban durante horas entre abrigos viejos para huir de la madre. Eso fue la niñez. Y luego la existencia pasó tan deprisa... Ahora Soledad acababa de cumplir sesenta años y se preguntaba en qué se le habían ido. Había llegado a esa edad en la que su biografía era irreversible. Ya no podría ser otra cosa, ya no podría hacer otra cosa con su vida. Ah, si hubiera sabido que iba a ser vieja y que se iba a morir, habría vivido de otra manera. Pero antes lo ignoraba. Es decir, nunca lo supo de este modo verdadero e irremediable. Y ahora ya era tarde.

La vida era un paquete de regalo en las manos de un niño, envuelto en papeles de brillantes colores. Pero, cuando se abría, dentro no había nada. Tan breve era la dicha, tan larga la pena. A veces, como en estas noches desasosegadas y torturadoras, a Soledad le parecía poder ver a todos los humanos que había habido en el mundo antes que ella, todos esos individuos surgiendo y ajándose como polvorientas y humildes hojas de árbol. Una larguísima columna de gente desaforada por vivir que era engullida a toda velocidad por la negra Parca. «Es difícil creer que el destino de un hombre sea tan bajo que le lleve a nacer sólo para morir», escribió Mary Shelley, que conocía bien la glotonería de la muerte, porque devoró a su madre de manera temprana, y luego se zampó a tres de sus hijos y a su amado Percy, y por último se la merendó también a ella a los cincuenta y tres años por medio de un tumor en el cerebro. Muy poca luz y demasiada sombra. «Cada uno está solo sobre el corazón de la tierra / atravesado por un rayo de sol: / y de pronto anochece», escribió Salvatore Quasimodo, fallecido hace tiempo. Algunos incluso intentaban ser animosos: «Después de todo la muerte es sólo un síntoma de que hubo vida», dijo Mario Benedetti, por otra parte ya también muy muerto, porque, por mucha vitalidad que le pusieras, a la Parca no había forma de esquivarla.

Recordaba ahora Soledad aquella historia que le contaron años atrás de un niño de Perú que tenía una boa como mascota. El chico había incubado el huevo él mismo, había visto salir a la serpiente de entre las cáscaras y le tenía un comprensible aprecio. El joven reptil dormía con el niño en la cama, aprovechando su calor. Pero, curiosamente, todas las noches, antes de enroscarse, la boa se estiraba todo lo larga que era y permanecía muy quieta y muy rígida durante unos segundos junto al pequeño. Nadie sabía por qué hacía eso, hasta que un día acertó a pasar por allí un zoólogo: «La boa te está midiendo —le dijo al niño—. Cuando sea más grande que tú, te comerá». Así era la muerte, pensaba Soledad. Se enroscaba en la cama junto a nosotros, pero cada noche nos medía para ver cuándo podía tragarnos. Quizá fuera por eso por lo que a ella le costaba tanto dormir.

Tal vez la escritura fuera un lenitivo contra la oscuridad, pensó. Por lo menos podrías atrapar tus pensamientos, tus conocimientos, tus emociones; podrías fijarlos en un papel, como quien arroja una botella al mar del tiempo. Pero no estaba muy segura de que funcionara y, en cualquier caso, Soledad no era capaz de recurrir a eso. De modo que a ella lo único que le servía para olvidarse de la Parca, y del desperdicio de la mezquina vida, era el amor. El amor carnal, la fiebre de la piel, esa naturaleza animal que nos salvaba de ser sólo humanos. Y el amor espiritual, todo ese cariño que ella tenía para dar, un lago de luz en las entrañas que ella sentía que aún no había podido entregar a nadie. Qué pena morir sin que le hubieran aceptado ese regalo.

Por debajo de la persiana, no del todo bajada, se estaba remansando poco a poco una línea de sucia claridad. Amanecía. Soledad miró de nuevo a Adam: su perfil delicado, sus labios deliciosos. Recordaba muy bien el gusto de esos labios. Su textura. El marfil de los dientes que ocultaban la sabrosa lengua. Se inclinó sobre el cuerpo dormido y olisqueó su aroma. A tierra, a madera. La idea de perderlo le empezó a doler en el estómago como un grito que se le hubiera quedado dentro, como el aullido desesperado de Alcina, un lamento con forma de cuchillo que le desgarraba las tripas. Sin amor, todo era polvo y llanto y una vida que no merecía la pena ser vivida. Comprendió que hubiera quien prefiriera morir, como la suicida Marga Roësset, la enamorada sin esperanza de Juan Ramón Jiménez. E incluso comprendió a quienes mataban, como Bombal o Geel.

Soledad nunca había visto a Adam tan feliz. Irradiaba luz y parecía aún más joven de lo que era.

—¡Vamos a pedir otra botella! No te cortes. Vamos a tirar las casas por la ventana —exclamó, jubiloso, mientras volvía del revés en la cubitera el Guitian vacío. Esa noche estaba hablando el español especialmente mal: sería el alcohol. O el entusiasmo.

Tanta dicha y tanta amabilidad la estaban poniendo muy nerviosa. Aquella tarde, al llegar a su casa, el ruso le había dicho que no sólo pensaba regalarle esa noche sus servicios, sino que, además, quería invitarla a cenar. Y que había reservado en el Café de Oriente, por ser el lugar en donde se habían conocido.

Y allí estaban, Adam devorando con hambre de lobezno y ella esparciendo las migas de su lenguado por los bordes del plato para que pareciera que había comido más. Tenía el estómago cerrado y una aguda intuición de peligro inminente.

—¿Por qué estás tan contento?

Adam la miró con gesto de sorpresa y se echó a reír.

—Vaya, no sabía que tengo que explicar la alegría. No sé. Ha hecho un día precioso. Parece que viene la primavera. Y me gusta poder invitarte. Has sido muy buena conmigo.

Soledad se sintió aún más alarmada.

—Gracias... Por cierto, no me has devuelto las llaves de casa.

—Es verdad. Siempre se me olvidan. Te las dejaré mañana en el buzón.

Comieron un rato en silencio.

—¿Has hablado con tus amigos de mí? —preguntó el escort.

—¿Cómo?

—Sí, eso que te dije... Que me presentaras a alguien de tus amigos importantes... Que me buscaras un trabajo...

Ah, entonces era esto, se dijo Soledad: la estaba adulando para ver si le recomendaba. Le pareció una situación algo desagradable, pero de algún modo era tranquilizador empezar a entender lo que pasaba.

—Ah, no, todavía no, lo siento. He estado muy liada con la exposición y... Pero estuve pensando en lo que quieres y tampoco es fácil, ¿sabes? No sé muy bien con quién podría hablar.

El rostro del ruso siguió igual de distendido y despejado, un paisaje sin nubes.

—Bueno, no importa —dijo con perfecta placidez—. Además ahora me va bien. Con lo del trabajo que hice de los chinos. Me han pagado bastante.

Soledad volvió a inquietarse. Se removió en el asiento.

—Y tú también me has pagado bastante todos estos meses —añadió el ruso con un guiño y una sonrisa cómplice—: Gracias.

Sólo faltaba esto, qué vergüenza, pensó ella mientras advertía que las mejillas se le acaloraban. Para Adam parecía ser de lo más normal, pero Soledad llevaba muy mal el aspecto económico de su relación. Se sentía humillada, como si fuera ella la prostituta en vez de él.

—Un electricista que he conocido en el trabajo de los chinos, un español, un tío majo, me contó que los gitanos cuando van a una boda no dicen felicidades. ¿Sabes eso? —dijo Adam.

—¿El qué?

—Lo de los gitanos.

—No sé, no creo... —dijo, desconcertada.

—Bueno, pues no dicen felicidades, que es lo que decimos todos. No te desean que seas feliz. Lo que dicen es: malos principios. Porque saben que la vida siempre tiene una parte de dolor y entonces te desean que el dolor venga al principio para que luego sólo te quede la felicidad. Está bien, ¿no?

—Sí... No lo sabía.

Adam se quedó pensativo un momento mientras amasaba una miguita de pan.

—Yo creo que a mí me toca, ¿no? Yo ya he vivido los malos principios... He vivido malos principios para varias vidas —rio.

Sin postre ni café, la cuenta subió a ciento setenta y dos euros. Adam echó mano de su mochila, la que solía llevar cuando se quedaba a dormir en casa de ella. Sacó una bolsa de tela de las que se usan para guardar los zapatos y la colocó sobre la mesa. Parecía pesada e hizo un ruido metálico.

—Con propina, ciento ochenta —dijo Adam, sonriente.

Y, abriendo la bolsa, empezó a sacar euros y a contarlos, apilándolos en pequeñas columnas.

—¿Todo eso son monedas? —preguntó Soledad, atónita—: ¿Has atracado la máquina tragaperras de un bar?

Adam estalló en carcajadas como un niño, sufrió un ataque de risa que le llevó al borde de las lágrimas.

—Nooooo... Es el idiota del Chispas, que me ha pagado parte del dinero así, en euros, ¿te lo quieres creer? —dijo al fin secándose los ojos.

Había llenado la mesa con pilas de monedas, dieciocho columnas de diez euros cada una. El camarero, alucinado, se fue y volvió con una pequeña ensaladera para poder meter el dinero. Lo contó mientras lo iba echando.

—Y ciento ochenta. Gracias. Pesa un montón —dijo el chico.

Soledad cogió la fuente con ambas manos. Sí, pesaba, pesaba. Adam seguía desternillado. La abrazó cuando se levantaron y la besó en los labios, cosa que a Soledad la puso bastante nerviosa, porque en el restaurante la conocían. Se arrancó con cierta violencia del pecho del ruso.

—Vámonos a casa.

Estaban los dos algo borrachos y la noche era rara. Llegaron al piso de Soledad, y nada más entrar Adam pidió un whisky.

—¿No te parece que ya hemos bebido bastante?

—Hoy es un día especial —contestó el ruso, sonriente.

¿Especial por qué? ¿Porque me va a dejar?

—Sírvetelo tú. Ya sabes dónde está —dijo ella.

Mientras Adam trasteaba en la cocina, Soledad puso algo de música. Escogió la *Chacona* de Bach, en la versión para piano de Busoni, interpretada por Rhodes. Oyó que el ruso iba al baño, el vaso tintineando en su mano como un sonajero. La *Chacona* empezó a esparcir sus notas grandiosas. A Bach se le murieron once hijos y luego falleció su mujer, a la que adoraba. Esta pieza estremecedora la escribió, al enviudar, en recuerdo de su esposa. Amor y muerte.

—¿Qué es esto?

El tono de voz de Adam, grave y cortante, hizo que Soledad diera un respingo. Se volvió. El escort estaba en la puerta de la sala mostrándole un gurruño de ropa con el brazo extendido. El corazón le brincó en el pecho.

—¿Por qué hurgas en mis armarios?

—No hurgado nada. Buscar aspirina. Para mañana no resaca —la tensión hacía que se expresara como un telegrama.

Soledad se acercó y le quitó la camisa de la mano. La vieja camisa de Adam, la que llevaba puesta la noche que se conocieron, todavía manchada con la sangre seca del tendero.

—No sé. No me acordaba de que estaba ahí. La aparté para tirar y luego se me olvidó.

—No es verdad. Estaba muy doblada y guardada. Estaba escondida bajo toallas. ¿Por qué?

Soledad se encogió de hombros. Era delirante, lo sabía, pero tenía el olor de Adam. No había sido capaz de deshacerse de ella.

—Te digo que se me olvidó que estaba ahí. Venga, la tiro ahora mismo y se acabó.

Fue hasta la cocina, pisó el pedal del cubo de basura y arrojó la camisa dentro. Le dio pena hacerlo.

Se volvió, irritada, y encaró al ruso, que la había seguido. El alcohol no era buen consejero, pensó Soledad; estaban haciendo una montaña de una nimiedad.

—Ya está.

El chico la miraba con expresión preocupada.

—Estás chiflada —susurró.

Y lo decía muy en serio.

Entonces algo se rompió dentro de Soledad, las compuertas de la ira y de la frustración cedieron y toda ella se inundó de una furia brumosa e imparable.

—¡Y tú eres un mentiroso, eres un maldito mentiroso, eres un aprovechado y un mentiroso! ¡Tú tienes novia y me engañas cuando dices que no y te vas a ir con ella y quieres sacarme dinero para marcharte!

—Pero ¿qué dices? ¿Qué hablas? No es verdad. ¿Quién te dijo eso? —preguntó él, aturdido.

—¡No me lo ha dicho nadie! ¡Lo sé yo! ¡Te he visto! ¡Te he estado siguiendo desde hace meses! ¡Sé todo de ti, mentiroso! ¡He hablado con Jerusalém! ¡Sé que te quieres casar con ella! ¡Sé que os vais a Brasil en cuanto consigas el dinero para marcharte! Pero no te voy a dar ni un euro más, ¿has oído? ¡Ni un euro!

Adam la miró espantado, boquiabierto. Un silencio duro y rechinante como el hielo cayó sobre ellos. Hasta que el ruso recobró de golpe la movilidad, salió corriendo de la cocina y se fue de la casa dando un portazo.

Cuando aquello ocurrió, Soledad tenía dieciocho años y los dos últimos, desde el internamiento de su hermana, habían sido una pesadilla. No sólo se había quedado sin su mitad, su gemela, su única amiga y su ancla afectiva frente al vendaval de la vida, sino que, además, estaba aterrorizada ante la idea de perder la razón ella también. Por no hablar de la angustia que le producía el brutal tratamiento que le estaban aplicando a Dolores, los electrochoques, la sobremedicación que la mantenía en un estado poco menos que vegetal. Al principio Soledad creyó que todo eso era necesario, que la terrible enfermedad de su hermana exigía remedios terribles. Pero después se puso a indagar por su cuenta sobre el tema de los trastornos mentales, leyó textos de Cooper, de Laing y de Basaglia y se convirtió en una defensora acérrima de la antipsiquiatría, a la sazón muy de moda; y el horror de pensar que su hermana estaba siendo destruida como persona por culpa de los médicos y del mandato materno no la dejaba vivir. Por desgracia para ella, por entonces la mayoría de edad todavía estaba en los veintiún años. No podía hacer nada por Dolores, y apenas podía ayudarse a sí misma. Cuando terminó el instituto buscó trabajo como recepcionista en un despacho de abogados y con su sueldo se matriculó en la universidad en Filosofía y Letras. Quería especializarse en Historia del Arte, pero primero había que hacer dos cursos de comunes. Las clases nocturnas eran deprimentes; todos los alumnos tenían más años que ella, la mayoría eran mujeres, varias de ellas monjas, y los pocos varones matriculados eran, o bien sacerdotes, o bien señores esmirriados con calvas prematuras, ajadas carteras de plástico negro y zapatos picudos.

Menos Pablo.

Pablo había cumplido ya los veinte años, porque perdió dos estudiando Derecho. Tenía los ojos verdes, el pelo rizado, cara de gato, una sonrisa maliciosa que dibujaba deliciosos hoyuelos en sus mejillas. Quería especializarse en Psicología y era otro encendido partidario de la antipsiquiatría. Eso también los unió. Se hicieron amigos de forma natural, porque eran los más jóvenes de la clase; se convirtieron en amantes de un modo irremediable, como empujados por el peso de la gravedad, porque eran los años del amor libre y aún no había aparecido el sida; y porque Soledad no le dijo que ella era virgen, que él era el primer hombre de su vida y también el primer amigo. Los gemelos suelen tener dificultades, sobre todo en su juventud, para relacionarse íntimamente con las demás personas.

Nunca fue tan feliz Soledad en su vida como entonces. Conoció lo que era la alegría y pensó que era una maravillosa emoción que había llegado para quedarse. El paraíso duró todo el primer trimestre del curso. El último día de clase antes de las vacaciones de Navidad, Soledad preguntó:

—¿Qué vamos a hacer en Nochebuena?

Pablo la miró con extrañeza.

—Yo cenaré con mi familia, claro.

Soledad no le había contado que ella no tenía familia, que su padre las había abandonado, su madre era una enemiga y su hermana estaba internada en un psiquiátrico: cuando te sientes tan distinto prefieres olvidar lo que eres. Pero entendió a la perfección que Pablo tuviera otra vida, una vida mejor, y que la Nochebuena no pudiera ser suya. Así que, muy razonablemente, dijo:

—Vale. Entonces, ¿qué vamos a hacer en Nochevieja?

El chico torció el gesto, puso una cara rara, se encogió de hombros.

—No sé. A lo mejor me voy con un amigo a Barcelona. Todavía no lo tengo claro. Nos llamamos.

Y eso hizo Soledad. Llamarle. La primera vez que le telefoneó fue una hora después de esa conversación, en cuanto llegó a casa, para ver si quedaban al día siguiente. No, Pablo no podía. Tenía que ir con su hermana a comprar regalos de Navidad. Y luego debía estudiar. Y luego ver a alguien. Al día siguiente, Soledad volvió a telefonear por la mañana. Y a la hora de comer. Y por la noche. No entendía por qué de repente Pablo parecía estar huyendo de ella, cuando cuarenta y ocho horas antes había estado tan encantador y tan amoroso. El insospechado rechazo del chico le hizo entrar en pánico, e, inocente e ignorante como era en todo lo relacionado con el afecto, no comprendía que su ansiedad era lo que estaba asustando a Pablo. Al tercer día, su amigo dejó de ponerse. Cuando le llamaba al trabajo, contestaba un compañero y le decía que estaba con un cliente; cuando telefoneaba a casa, respondía la hermana. Después ya empezaron a decirle que se había ido de viaje, pero Soledad sabía que era mentira porque le estaba siguiendo. Un día le chilló a la hermana: mientes, mientes, le acabo de ver entrar en el portal, estoy en la cabina de la esquina. Le colgaron. Luego volvió a llamar diez veces para disculparse pero ya no le cogían. Entonces le escribió una carta larguísima pidiéndole perdón y diciéndole que le amaba y que tenían que hablar y que estaría toda la tarde en su casa pegada al teléfono esperando su respuesta, y se la echó personalmente en el buzón de su edificio. Estuvo en efecto toda la tarde y toda la noche de guardia, pero no sonó el timbre ni una sola vez. Escribió una segunda carta recriminándole su comportamiento y diciendo que, si ella estaba tan nerviosa, era por su culpa, que no entendía qué le había hecho para que él la tratara así, que no comprendía qué les había pasado, que sólo quería hablar con él para que le explicase. También se la echó al buzón, y luego una tercera y una cuarta y una quinta cartas en las que alternaba los reproches con las declaraciones de amor, con la torturante sospecha de que se hubiera enamorado de otra y con las más abyectas súplicas. Dejó de ir al despacho de abogados y se pasaba las horas delante de la casa de Pablo y de la tienda de fotocopias en la que su amigo trabajaba. Una tarde se acercó una mujer a ella y le dijo: deja en paz a mi hijo. Busca ayuda y deja en paz a mi hijo. Al día siguiente, Soledad se armó de valor y entró en la copistería. Había estado toda la noche preparando su discurso y lo único que quería era poder ver serenamente a Pablo y decirle cara a cara: esto tiene que ser un malentendido, alguien te ha debido de contar algo falso de mí, esto es un inmenso error, tenemos que hablar porque yo te amo. Pero, nada más verla aparecer, su antiguo amigo palideció y se alejó del mostrador gritando: no te acerques, no te acerques, vas a hacer que me despidan, vete. Su evidente horror hirió a Soledad de tal modo que se echó a llorar y no pudo articular palabra. Entonces vino un hombre mayor y, agarrándola por un brazo, la arrastró hasta sacarla de la tienda y la dejó hipando en mitad de la acera. Si vuelves a entrar, llamo a la policía, amenazó. Esa misma tarde, mientras Soledad estaba apostada delante de la casa de Pablo, llegaron dos guardias y la detuvieron.

Pasó una semana en el Hospital Provincial y el juez dictó una orden de alejamiento contra ella. No podría volver a estar a menos de un kilómetro de Pablo, así que tuvo que dejar la universidad ese año. Esto en realidad no fue tan malo, porque se encontraba tan deprimida y tan destrozada que de todas formas no hubiera sido capaz de estudiar nada. Y, además, Soledad consideraba ahora que, dentro de todo, había tenido mucha suerte. En realidad, la salvó su madre: era lo único bueno que hizo por ella en toda su vida. Su madre llegó al Provincial cuando la acababan de ingresar y dijo: «Estás loca. Estás tan loca como tu hermana y acabarás como ella».

Eso dijo esa fiera demente de su madre. Y había tanto odio en sus palabras que Soledad se creció frente a su amenaza. Conmigo no lo conseguirás, pensó. Conmigo no.

Así que decidió convencer de su cordura a todo el equipo médico del Provincial. Lamento el espectáculo que he dado, creo que se me han unido demasiadas cosas, nuestro padre nos abandonó, mi hermana gemela está internada, no me llevo bien con mi madre, me sentía muy sola y muy desgraciada, Pablo ha sido mi primer amor y creo que volqué sobre él unas necesidades desmesuradas, ahora lo veo y lo siento mucho. Su discurso era sensato e irreprochable y la dejaron salir a los pocos días, con el compromiso de acudir periódicamente al psiquiatra. Nadie supo que en realidad ella no se creía lo que decía. Por dentro, Soledad pensaba: estoy loca y terminaré como mi hermana. Y también: nunca dejaré de amar a Pablo. El tiempo demostró que ambas cosas eran falsas: no había seguido los pasos de Dolores y aquella pasión acabó por marchitarse.

Aun así, ese incidente de sus dieciocho años fue el cráter fundacional de su vida, la escena sobre la que se articuló toda su existencia. Si ella fuera una de sus malditas, ésa sería la situación que escogería para resaltar en la exposición como definición de su destino. «He amado hasta la locura, y eso, lo que llaman locura, es para mí la única forma sensata de amar», dijo Françoise Sagan, otra maldita. Pero Sagan se casó dos veces, tuvo un hijo, se diría que conoció el amor. No debió de amar tan locamente como decía. En cambio, a ella la acompañó para siempre el pavor a la furia desenfrenada de su pasión. Sabía que su necesidad de amor no tenía fin, que su capacidad de afecto era insondable y que esa carencia le producía un dolor tan agudo que podía llegar a perder la razón. Como la perdió cuando Pablo la rechazó. Qué oscuridad tan tremenda recordaba Soledad de aquellos días: las temibles tinieblas del final del mundo. Comprendía que hubiera personas incapaces de salir de ese abismo. Como Josefina Aznárez, como Dolores. Esas pobres mujeres vibrantes de pasión y enterradas en vida. Pero ella no. Por lo menos Soledad se había salvado. No había vuelto a descompensarse por una pasión; no había perseguido a nadie nunca más. Hasta ahora.

Aquel desencuentro en la copistería fue la última vez que vio a Pablo y durante muchos años no supo más de él. La pasión se apagó, pero en realidad aquél seguía siendo el mayor, el único verdadero amor de su vida: nunca pudo volver a querer a nadie como a él, con la misma alegría y la misma esperanza. Cinco años atrás había visto una esquela en *El País:* Pablo Espinosa Ortiz, cincuenta y siete años, catedrático de Psicología Social de la Complutense, su mujer Petra y sus hijas Carlota y Bruna, etcétera. Sin duda era él. O sea que se casó y tuvo descendencia: la vida siempre fue más pródiga con él que con ella. Aunque se había muerto, y ése era un tanto indiscutible a favor de Soledad. Ella nunca llegó siquiera a plantearse la posibilidad de tener hijos: eso pertenecía al mundo de los normales.

Sin embargo, Soledad pensaba a menudo que ella podría haber tenido también una vida normal. Ahora, tanto tiempo después, entendía bien el temor de Pablo. Era un buen chico; todo parecía indicar que ella le gustaba bastante y que la quería. Pero tenía veinte años y le aterró la volcánica necesidad de Soledad. Si ella hubiese sido menos ansiosa; si hubiera dejado que la relación creciera naturalmente, quizá habrían terminado haciéndose novios, casándose, teniendo hijos. Ah, esas otras infinitas vidas posibles que se abrían como la cola de un pavo real en torno a nuestra existencia, todas esas modificaciones de nuestro destino que podrían haber tenido lugar con tan sólo variar un pequeño detalle. De hecho, tal vez hubiera ocurrido así en otro mundo, tal vez ella estuviera casada con Pablo en un universo paralelo del multiverso en el que vivimos. Soledad había leído en un artículo sobre física cuántica que los electrones tenían la rara propiedad de poder estar en dos lugares distintos al mismo tiempo. De ahí la paradoja del gato de Schrödinger, un experimento imaginario que consiste en suponer que metemos un gato en una caja con una botella de gas venenoso que tiene el cincuenta por ciento de posibilidades de abrirse; según la teoría cuántica, mientras el gato se encuentre dentro de la caja y no lo veamos, estará a la vez vivo y muerto en dos dimensiones superpuestas. A veces Soledad intentaba consolarse de la estrechez del destino individual imaginando esas otras posibilidades, esas otras vidas fantasmales. Ahora que lo pensaba, cuando Rosa Montero hablaba de inventar otras realidades quizá se tratara simplemente de eso. Puede que la escritora fuera una surfista en algún universo. Y lo mismo Philip K. Dick, cuando imaginaba otras vidas. O Maupassant. Y ella, Soledad, quizá estuviera ahora llorando su temprana viudez de Pablo en algún lado.

A veces el destino, burlón, se divierte emparejando fenómenos iguales. Cuando uno es desgraciado, las desdichas parecen acumularse y acaban cayéndote encima como un diluvio. Después de que Adam se marchara la noche anterior con un portazo, Soledad no había podido pegar ojo. Ni siquiera se le ocurrió meterse en la cama: sabía que estaría plagada de pesadillas. Se pasó las horas sentada ante la mesa de la cocina, bebiendo tila tras tila para tratar de diluir el nivel de alcohol y tranquilizarse. No funcionó. A las nueve de la mañana seguía desorbitada, con la cabeza disparada, repensando obsesivamente los mismos pensamientos. Para colmo, a las nueve y dos minutos sonó el móvil, y aquí viene la segunda de las calamidades coincidentes; era Ana Santos Aramburo, la directora de la Biblioteca. Marita Kemp estaba intentando dar un golpe de mano; al llegar esa mañana a su despacho, Ana había encontrado una carta oficial de Triple A en la que le pedía que le diera el comisariado de la exposición a la arquitecta, o, en su defecto, plena responsabilidad y mando sobre la muestra.

—Ven ahora mismo para acá. Tenemos que preparar nuestra respuesta —dijo Ana, y colgó.

Y eso había hecho Soledad; se duchó, se vistió, bebió un café doble y partió hacia la Biblioteca

Nacional con plomo en el cerebro y el ánimo aterido.

Ahora estaba de vuelta, tres horas después. Más cansada, más triste y con menos perspectivas de futuro que nunca. Habían consultado con un abogado la posibilidad de denunciar a Marita por el robo de la idea de Soledad, pero, dado que no la había inscrito en el Registro de la Propiedad Intelectual, el letrado les comunicó que por ese camino sería imposible conseguir nada. Desalentadas, tras mucho debatir sin encontrar salida, habían quedado en que Soledad le mandaría un nuevo alegato a Triple A explicando y defendiendo el concepto de su exposición. Por su parte, la directora se negaría a aceptar las presiones de Antonio Álvarez Arias, aunque temía que eso las iba a colocar en una situación muy difícil.

—¡Doña Soledad, doña Soledad!

Matilde, la conserje, bajaba corriendo por las escaleras con la escoba en la mano. Soledad abrió las puertas del ascensor:

—¿Sí?

—Ha venido el chico ese joven que está con usted... Que a veces está con usted. Y yo le he dicho que usted había salido, pero de todas maneras ha subido y me ha dicho que él tenía llave, espero que no haya problema...

—No, está bien, Matilde, gracias.

Cerró el ascensor con manos temblorosas y el corazón dando cabriolas en su pecho. ¡Qué estúpida era, qué estúpida irremediable! ¿Cómo era posible que estuviera ilusionada por el regreso de Adam? Pocas horas antes le había dicho las cosas más terribles, pero ahora no podía evitar que una sonrisa bailara en sus labios. Aún había vida y esperanza, después del desencuentro de la noche anterior.

Todavía sonreía cuando hizo girar la llave en la cerradura; con los nervios se le cayó el llavero al suelo. Lo recogió y entró.

—¿Adam?

Y aquí viene la tercera coincidencia catastrófica: el ruso se asomó a la puerta de la sala con una cara rara, como de circunstancias; y, antes de que nadie pudiera decir nada, a su lado apareció Jerusalém.

—¿Qué... qué... qué hace ella aquí? ¿Cómo te has atrevido a traerla a mi casa? —balbució Soledad, estupefacta.

Un rayo de miedo le atravesó el cerebro:

—¿Qué queréis de mí? ¿Qué pensáis hacer? ¿Para qué habéis venido?

De pronto se encontró con la espalda apoyada contra la puerta cerrada: debía de haber retrocedido sin advertirlo. Adam se acercó mostrando las manos en un gesto apaciguador.

—¡Tranquila, tranquila, no queremos hacer nada, necesitamos ayuda, no sabemos adónde ir! —imploró el ruso.

—¡Fuera de mi casa, fuera de mi casa!

—¡No, por favor, espera, los chinos nos quieren matar! ¡Han destrozado mi piso, esta mañana me estaban esperando, hemos tenido que salir corriendo!

—¿Los chinos?

—El almacén de Vicálvaro. La mitad de las máquinas tragaperras de Madrid son del chino. Estaban allí los sacos de dinero. Yo sólo cogí unos pocos euros de cada bolsa. Muy pocos, casi nada. Creí que no se darían cuenta.

A su lado, Jerusalém callaba retorciéndose las manos.

—¿Y ella?

—Dormí con ella anoche... Llevamos a su hijo a la guardería esta mañana... y cuando volvimos a mi piso ahí estaban... Todo destrozado... Casi nos cogen...

Durmió con ella anoche, sólo pudo escuchar Soledad. Mientras ella agonizaba de angustia en la cocina, ese miserable dormía en brazos de la bella Jerusalém.

—Imbécil —barbotó Soledad—: Eres un imbécil.

Vio rojo, vio negro, se le fundió el cerebro, anegado en hiel. Forcejeó torpemente con la puerta y, cuando logró abrir, salió disparada escaleras abajo.

Con los datos que le había dado Adam en sus largas peroratas sobre su trabajo con los chinos y un poco de ayuda de Google, Soledad localizó rápidamente el almacén. Estaba en el polígono industrial F-2 de Vicálvaro, calle del Cobre sin número. Metió la dirección en el navegador del coche, pero llevaba muchos años sin actualizarlo y ahora andaba perdida. Se encontraba en una vieja zona industrial semiabandonada; había naves con los techos de uralita hundidos, lotes cerrados con verja de alambre que se habían convertido en basureros, pintadas como grandes gritos silenciosos sobre las paredes, muros ennegrecidos por el fuego. Era un lugar horripilante, pensó Soledad con un escalofrío mientras verificaba que los seguros de las puertas estaban echados. Parecía un decorado de película futurista y distópica. De cuando en cuando se cruzaba con un coche, un camión, una persona. La zona era tan inhóspita que casi le daba más miedo encontrarse con alguien que estar sola.

Al cabo, después de dar mil vueltas y recorrer tres veces la misma avenida principal, una calle ancha de farolas rotas y contenedores de basura derretidos, consiguió ver una pequeña placa que decía Calle del Cobre. Torció por allí y a unos trescientos metros vio el almacén. Era una nave enorme, o más bien varias naves unidas, pintadas recientemente de blanco y con las puertas metálicas en rojo. Encima de la entrada principal, unos carteles también en rojo con caracteres chinos.

Aparcó a una distancia prudente y se quedó mirando el local con aturdimiento. Parpadeó: los ojos le escocían. El cansancio de la noche sin dormir y la tensión la tenían medio alucinada, como si estuviera bajo los efectos de una droga. El siniestro aspecto de la barriada aumentaba la sensación de irrealidad. Soledad no sabía muy bien a qué había ido. Bueno, sí, a vengarse. Eso pensó al salir corriendo de su casa. Ir a ver al famoso chino y decirle: sé dónde está ese imbécil. Si me promete que no lo mata, puedo llevarle a un bar, por ejemplo, y se lo entrego. Por mí pueden darle unos cuantos bofetones y un buen susto. Ese pensamiento fue un consuelo mientras conducía hasta Vicálvaro; ese ensueño de revancha fue un alivio. Pero ahora que ya estaba ahí y que el mundo empezaba a convertirse en una pesadilla, el plan le parecía cada vez más delirante, más absurdo, más peligroso. Ahora bien, ¿qué otra opción tenía? ¿Regresar sin más al naufragio de su vida? No soportaba tener que afrontar su realidad.

¡Estás loca!, chilló.

Una mujer madura dentro de un Audi viejo, aparcada en un polígono industrial ruinoso gritando a solas que estaba loca. Era un caso perdido. Tenía que irse de ahí, lo sabía, su parte más cuerda le decía: enciende el motor y márchate. Pero había otra parte de ella que se empeñaba en seguir adelante, una zona abisal que a veces la poseía, esa pulsión destructiva que la llevó a seguir llamando a Pablo, a seguir escribiéndole, a perseguirlo. Estaba empujada por la inercia de su herida, por la obcecación de un dolor muy antiguo. Era como el *Titanic,* que, incluso con las máquinas en reversa, continuó su imparable deriva hacia la segura catástrofe del iceberg. Sintió náuseas. Su vida entera parecía estarse derrumbando, pensó. Por qué no colaborar un poco en el proceso.

Salió del coche y se dirigió al almacén. Eran las tres de la tarde, se dijo esperanzada: seguramente a esas horas no habría nadie. Subió los cuatro escalones de la entrada principal y empujó la puerta. Daba a un cubículo diminuto construido en pladur, con un pequeño mostrador y un chino detrás.

—Hola —dijo el hombre.

—Hola. Vengo a ver a... —de repente se dio cuenta de que no sabía cómo se llamaba—: Al director, al jefe, al dueño de esto.

El recepcionista la miró impertérrito.

—¿Pol qué?

—Dígale que vengo de parte de Adam Gelman... De Adam el electricista.

El recepcionista habló por teléfono en su idioma. Luego colgó y dijo:

—Espelal.

Soledad esperó, cada vez más nerviosa, más mareada. A los pocos minutos, una chica oriental muy guapa vestida con un elegante traje sastre entró por la única puerta interior que había en el cubículo.

—Venga conmigo, por favor.

Cruzó tras ella el umbral y soltó una exclamación: al otro lado se abría un espacio inmenso lleno de estanterías tubulares; iban desde el suelo hasta el alto techo y estaban atiborradas de todo tipo de objetos. Hileras de calles serpenteaban entre los anaqueles creando un efecto aturdidor de laberinto. Soledad siguió a la muchacha, sintiéndose cada vez más fuera de la realidad. Le zumbaban los oídos, le costaba respirar. Iba a tener un ataque de angustia. Caminaron, cruzaron intersecciones y torcieron por sectores enteros de osos de peluche, baterías de cocina, zapatillas de deporte, secadores de pelo. A los pocos metros, Soledad ya estaba perdida.

Franquearon otra puerta y llegaron a lo que parecía la zona de oficinas: un pasillo y habitaciones a los lados, con gente entrando y saliendo. La chica fue hasta el fondo y golpeó suavemente con los nudillos en una hoja entornada. Alguien contestó algo en chino desde dentro.

—Pase, por favor —dijo la muchacha.

Soledad tragó saliva y entró en un despacho de dimensiones medianas. Una mesa de contrachapado, archivadores de metal, un par de feas sillas de oficina. Los muebles más baratos del mercado. Tras la mesa, un tipo flaco y menudo de aspecto joven: no llegaría a los cuarenta años, aunque con los asiáticos nunca se sabía. Vestía una camisa blanca sin corbata y una vulgar chaqueta negra que le quedaba grande. Parecía un deudo en un duelo con un traje prestado. Nada que ver con la idea de mafioso que ella tenía; aunque, claro, quizá no fuera el jefe.

—¿Es usted... el director de esto? —titubeó Soledad.

—Sí. Soy con quien tiene que hablar. ¿Y usted se llama...?

—Soledad. Soledad López —improvisó, de repente, pensando que sería mejor no identificarse. Lástima haber dicho su verdadero nombre.

—Muy bien, señora López, dígame en qué puedo ayudarla.

Se expresaba con total corrección y sin ningún acento.

—Habla usted muy bien nuestro idioma.

—Soy español. Nací en Madrid. Me han dicho que viene de parte del electricista ruso —dijo, expeditivo.

Soledad se estremeció.

—Bueno, tanto como venir de parte suya... Pero sí.

El chino la miró impasible.

—Ese hombre es un idiota —dijo tranquilamente—: Por supuesto que usted sabe que nos ha robado dinero.

Soledad tragó saliva:

—Eso... eso me han dicho, pero la verdad es que no sé ni cuánto ni cómo ha sido.

El hombre asintió y tecleó algo en el ordenador. Volvió la pantalla hacia Soledad para que pudiera ver las imágenes. Adam apareció en blanco y negro tomado desde arriba. Estaba junto a una mesa en la que había una docena o más de bolsas de lona; el escort iba abriendo los sacos, cogía unos puñados de monedas de cada uno y los echaba en su mochila de herramientas.

—La electricidad estaba cortada, la había cortado él mismo por la reparación que estaba haciendo, y supongo que creía que sin luz no funcionaban las cámaras de vigilancia, pero resulta que tenemos un sistema de seguridad con baterías justamente por si pasa esto. Y luego acababan de traer las sacas y todavía no las habían contado, y también supongo que él creyó que cogiendo unos pocos euros de cada bolsa nadie se enteraría. Pero es que, en primer lugar, las máquinas tragaperras ya registran los euros que entran; y luego, además, las bolsas se pesan, y el peso nos da la cantidad exacta. Contar después los euros a mano es rizar el rizo, una especie de tradición, lo hacemos pero en realidad no hace falta. O sea que, como le decía, ese ruso es idiota.

Soledad contemplaba la pantalla, hipnotizada.

—¿Cuánto... cuánto se llevó?

—Cinco mil ciento ochenta y siete euros, moneda más o moneda menos. Mire.

El chino tocó el teclado y la imagen cambió. Ahora la cámara mostraba a Adam en el exterior, saliendo de la nave y arrastrando penosamente la mochila por el suelo. Se veía que quería aparentar normalidad pero resultaba bastante ridículo.

—Son treinta y ocho kilos y novecientos gramos. A siete gramos y medio por cada euro. Calcule usted misma —dijo el chino, imperturbable.

Como un niño, pensó Soledad. Cuarenta kilos de monedas y esa alegría pueril. Ese absurdo arrastrar de la mochila. Ese catastrófico proyecto de delincuencia. Se le humedecieron los ojos. Cuando le anunciaba un buen negocio a Jerusalém, no estaba hablando de sacarle dinero a ella.

—¿Puedo preguntar qué relación tiene usted con el electricista? —preguntó el hombre.

214

Soledad suspiró. Ya sabía por qué estaba allí. Ahora comprendía por qué había ido. Para saber. Y para interceder.

—Le conozco. Es amigo. Es un idiota, sí, pero no es mal chico. Y está asustado porque han ido a su casa.

—Sólo fuimos a buscar nuestro dinero. No lo encontramos, así que ahora tendré que denunciarle a la policía.

—Mire, estoy dispuesta a pagarle la cantidad robada si olvidamos el asunto.

—Mmmm..., no sé. Es bueno poder darle un escarmiento a esta gente...

—Le daré seis mil euros.

—Creo que debería denunciarle.

—Siete mil, y la seguridad de que no va a pasarle nada a Adam... ni a nadie más.

—Está bien. Siete mil. Por los inconvenientes. Y por supuesto que no le va a pasar nada a nadie, no sé qué insinúa. Puede usted hacernos una transferencia. Esperaré hasta mañana para ir a la policía. Mande el dinero hoy. Ésta es la cuenta —dijo, dándole una tarjeta.

La Casa Feliz, exportaciones e importaciones, decía la cartulina. El reverso estaba escrito en chino. Tendría que vender parte de sus fondos, le pediría el dinero adelantado a Ana Santos Aramburo, o mejor a Miguel, su antiguo jefe de Triángulo. Se las apañaría para reunirlo.

—De todas formas, dejar todo ese dinero ahí a la vista, sin vigilancia, al alcance de cualquiera... ¿No le parece que es tentador? ¿No cree que tienen ustedes parte de culpa? —dijo Soledad, irritada por el chalaneo.

—Desde luego. Y el que ha cometido ese error ya ha sido convenientemente castigado, puede estar segura.

Soledad imaginó pulgares amputados, palizas con bates de béisbol, toda la parafernalia vengativa mafiosa. Debió de poner tal cara de susto que el chino se echó a reír. Fue el primer gesto expresivo de su rostro de piedra.

—Tranquila... Es uno de mis primos pequeños. Tan sólo le he mandado seis meses a recoger arroz a las terrazas de Guilin, para que madure. Me parece que ha visto usted demasiadas películas de gánsteres. Mire, sólo soy un hombre de negocios. Las máquinas tragaperras son totalmente legales. Pago mis impuestos. Y trabajo mucho. Buenas tardes, señora López.

Salió de la nave como en trance. Había algo que se había desanudado en su interior. Estaba más tranquila. Y también más triste. La furia era una huida de la pena. Caminó atontada hacia el coche y de pronto se dio cuenta de que tardaba mucho en llegar. Alzó la cabeza y echó una ojeada alrededor: el Audi no estaba. ¿Cómo era posible? Angustiada, miró con ansiedad a uno y otro lado de la calle. Nada. No estaba. Había tres furgonetas aparcadas delante del almacén y no se veía ningún otro vehículo. Se lo habían robado.

Se quedó impactada. ¿Y ahora qué? Contempló con susto el entorno hostil. Sólo faltaba que la asaltaran, que la violaran, que la degollaran. Llamaría a un taxi y lo esperaría en la puerta del almacén, pensó. Sacó el móvil y empezó a regresar con premura hacia la nave: se había alejado demasiado inadvertidamente y ahora se sentía indefensa en ese territorio salvaje. Entonces escuchó un chirrido de neumáticos y un coche apareció derrapando por la esquina y se paró delante de ella, cortándole el paso. Soledad gritó. Un chino joven salió del automóvil.

—Su coche, señola.

Soledad parpadeó: cierto, era su viejo Audi azul oscuro. Atónita, se sentó al volante. El chico se apoyó en la ventanilla abierta:

—Matlículas, en sillón —dijo, señalando al interior.

Soledad miró: en efecto, las dos placas de la matrícula de su coche estaban sobre el asiento del copiloto.

—Lo siento, aquí ladlones son muy lápidos. El señol Liao lamenta pequeño inconveniente.

Dicho lo cual, se enderezó y dio dos golpecitos en el techo del Audi, como hacen los mecánicos en las carreras de coches para indicar a los pilotos que pueden irse.

Y Soledad, obediente, se marchó.

Estaban sentados los tres en la sala, todos en línea en el sofá, muy tiesos y arreglados, una familia modelo. Adam, Jerusalém y Rubem. Cuando entrevistó a la mulata en su casa y se enteró de que tanto su nombre como el de su hijo terminaban en eme, Soledad se había sentido perdida: esas consonantes finales tan poco habituales señalaban su predestinación como amantes, esas emes sellaban su destino. Adam, Jerusalém y Rubem. El crío agarraba con dos dedos un par de onzas de chocolate que Soledad le había dado, pero no se atrevía a comérselas. Era un niño educadísimo, tan serio y adulto como sólo pueden serlo los niños que han sufrido. Los tres la miraban sin parpadear. Soledad hubiera querido gritar y llorar, pero en vez de eso dijo:

—Entonces, ¿por fin os vais a Brasil?

—Sí. A Bahía. Yo soy bahiana. ¿Conose? Es muy bonito —dijo la chica con su suave acento.

Soledad había decidido regalarle el dinero de la deuda. Mejor hacer las cosas a lo grande. Con lo que le sobró del robo después de pagar los billetes de avión, más los ahorros que tenía, fundamentalmente el dinero que ella le había pagado por follarla, se dijo Soledad con una brutalidad que la aliviaba un poco, Adam pensaba empezar otra vez al otro lado del mundo. A saber qué sería de él. Era un hombre que estaba justo en el filo del cuchillo, en la bisagra misma de su existencia; podría gravitar hacia la ilegalidad y terminar en la cárcel, o podría construirse una vida decente. ¡Tanta gente atravesaba por momentos críticos semejantes en los que se jugaba el futuro! Como André Malraux, por ejemplo, el respetadísimo André Malraux, célebre escritor y ministro de Estado y de Cultura con De Gaulle, que en 1923, con veintiún años de edad pero ya casado, viajó a Camboya con su esposa para robar piezas de arte jemer. Los pillaron arrancando relieves en un templo y le condenaron a tres años de cárcel, aunque apenas pasó unos meses en prisión gracias a que los escritores se movilizaron a su favor. Fue un tropezón que no se repitió: a partir de aquello, el éxito, la respetabilidad, la consagración. Claro que ningún intelectual se iba a manifestar en favor del pobre Adam.

—Muchas grasias por todo lo que has hecho por nosotros. Te estamos de verdad muy agradesidos —dijo Jerusalém.

Adam permanecía envarado y mudo. El chocolate se estaba derritiendo en la mano del niño y Soledad empezó a temer por su sofá. Hubiera querido patalear y arrancarse los cabellos, pero en vez de eso dijo:

—No es nada. Lo importante es que hagáis algo de provecho con vuestras vidas, que seáis sensatos —le dio asco oírse: parecía un cura echando un sermón.

—Haremos que te sientas orgullosa de nosotros —contestó la chica.

Soledad había hablado días antes con Adam. Y él le había dicho:

—Claro que me gustaste, claro que me gustas, pero ¿qué querías? Estoy enamorado de Jerusalém. Tú y yo no tenemos ningún futuro.

Por supuesto. Por supuesto. Costaba aceptar que un idiota capaz de robar una mochila con cuarenta kilos de monedas te diera lecciones. Pero tenía toda la razón.

Y además, Adam no era idiota. Era inocente. Y necesitado. Y estaba bastante roto. Igual que Soledad.

Así que la familia feliz se marchaba a Brasil al día siguiente y hoy habían venido a despedirse. Tan jóvenes, tan bellos. Con toda la vida por delante, mientras que a ella ya sólo le quedaba bajar del escenario y apagar los focos. «No entres dócilmente en esa larga noche, / La vejez debería arder y enfurecerse al concluir el día, / Rabia, rabia contra la muerte de la Luz», escupió con lucidez Dylan Thomas. Ya se habían dicho todo, así que se pusieron en pie. No habían tocado los cafés y el niño aún seguía con el chocolate pegado a sus deditos pringosos. Jerusalém se abrazó al cuello de Soledad y la besó: su duro pelo rizado le arañaba la cara.

—Grasias, grasias, te escribiremos —dijo la chica.

Y luego agarró de la mano al niño y se volvió hacia Adam con benevolencia de propietaria:

—Te espero en el assensor.

Se quedaron solos junto a la puerta entornada. El ruso la miraba, callado, guapísimo. Qué maldita desgracia que siguiera pareciéndole tan guapo. Ésta era, con toda probabilidad, la última vez que lo vería. Ahora el gigoló cruzaría esa puerta y se dirigiría a cualquiera de sus futuros posibles: a una vida razonablemente feliz junto a la dulce Jerusalém, o al destrozo de un cáncer prematuro, o a la invención de un nuevo tipo de batería eléctrica que le haría rico, o a una condena de veinte años de cárcel por matar a un hombre en una reyerta. O quizá a todos esos destinos a la vez en distintos universos llenos de gatos.

—Soledad... —dijo Adam.

De pronto los ojos se le humedecieron y se le puso una voz quebrada y gangosa, como engordada de lágrimas.

—Nunca nadie había hecho algo así por mí. Nunca, nadie —farfulló, tembloroso.

Y Soledad le odió, porque la miraba como quien mira a una madre.

Se abrazaron. Su olor, su tibieza. Luego el ruso se separó y sonrió emocionado.

—Adiós —musitó.

Soledad hubiera preferido suicidarse, pero en vez de eso dijo:

—Que seas feliz. Que seas muy feliz.

Y era sincera.

El agua caía sobre la cabeza y los hombros de Soledad, caliente, muy caliente, casi hiriendo la enrojecida piel. No vería nunca más a Adam, pensó sin pensar, tan sólo chapoteando en el lago de la tristeza. No vería nunca más a Adam y quizá no volvería a tener un amante en su vida, siguió rumiando y ahondando en la herida. No vería nunca más a Adam, quizá no volvería a tener un amante en su vida y además hoy era miércoles, añadió acongojada a la lista de miserias. Miércoles, el día de la visita a su hermana Dolores. La realidad irrumpía con toda su brutalidad y Soledad no podía contrarrestar ese daño con la consoladora fiebre de la pasión. Ah, si uno lograra limpiarse la memoria de la misma manera que se lavaba el cuerpo, pensó mientras se enjabonaba. Pero no: el recuerdo de lo sufrido se agarraba a la cabeza como un piojo. Además, nada cambiaría el hecho de que hoy era miércoles y de que tendría que enfrentarse una vez más a su gemela.

Dolores la eterna prisionera, Dolores tan quieta, mientras ella, Soledad, iba y venía, entraba y salía, viajaba y amaba, creyéndose viva y, sobre todo, creyéndose a salvo de la vejez. Porque uno de los espejismos más extendidos es el de pensar que nosotros no vamos a ser como los otros viejos, que nosotros seremos diferentes. Pero luego la edad siempre te atrapa y terminas igual de tembloroso, de inestable y babeante. Soledad sabía bien cuál era su futuro, sabía en qué se iba a convertir, porque Dolores era su retrato de Dorian Gray, Dolores había ido envejeciendo con ahínco en su encierro mientras ella corría por el mundo; pero por mucho que Soledad se esforzara, por mucho que le diera siete vueltas al parque del Retiro al trote todos los días, al final sería atrapada por su retrato. Al final volverían a parecerse, Dolores y ella, como dos gotas de agua.

Entonces, ¿esto era todo? El paquete de regalo de brillantes colores ¿sólo ocultaba esto? Soledad apoyó ambos brazos en las baldosas blancas y dejó que el chorro de la ducha golpeara su espalda. Dolía. No añoraba haber tenido hijos, no soportaba a los niños, pero se sentía un poco más fallida todavía, un poco más inadecuada. En realidad ella era el resultado de generaciones y generaciones de humanos victoriosos, hombres y mujeres que, desde los más remotos tiempos cavernarios, se las habían arreglado para sobrevivir a la infancia, y aparearse, y parir hijos sanos, y hacerlos crecer hasta alcanzar a su vez la edad fértil y un nuevo triunfo de la especie, y así unos tras otros hasta llegar a ella. ¿Y qué había hecho Soledad con ese larguísimo legado de esfuerzo y de éxito? Arrugarse, no tener descendencia, fracasar. Poner fin a esa línea de vida. Soledad era una decepción para sus ancestros.

¡¡¡¡¡Ahhhhhhh, cállate ya, llorona insufrible!!!!!, berreó a voz en grito bajo el tumulto del agua.

¿Por qué se tomaba siempre todo tan a pecho? Soledad conocía a otras personas que no llevaban tan mal la vida como ella. Hombres y mujeres sin hijos y sin pareja que parecían estar tan contentos. ¿Por qué ella no podía? Pero, claro, ellos tal vez hubieran decidido ser así; ellos no debían de estar presos de sus circunstancias como Soledad, que sentía que su vida era una anomalía, una tara con la que tenía que cargar igual que Rigoletto cargaba con su joroba. «Qué terrible ser deforme y ser bufón, tener que reír cuando quiero llorar», cantaba estremecedoramente Rigoletto, el trágico monstruo. Ésa era la cuestión, el monstruo interior. El problema era ser un monstruo como ella, como Dolores, incluso como el bello Adam.

Cerró el grifo y un súbito silencio algodonoso cayó sobre sus hombros. Toda la ducha estaba llena de vapor, una pequeña nube dentro del cuarto de baño. Puso la mano sobre la puerta corredera de cristal templado, totalmente empañada, y empujó hacia la derecha para abrirla. Se movió medio centímetro y se detuvo. Empujó de nuevo. Nada. Usó las dos manos y, metiendo el dedo en el hueco redondo que hacía las veces de tirador, jaló con todas sus fuerzas, cada vez más inquieta. Nada. La mampara, alta, grande y pesada, que debía deslizarse entre dos guías metálicas situadas en el techo y en el suelo, parecía haberse salido de su sitio, atrancándose. Soledad estaba desnuda y chorreando, atrapada en un habitáculo sin ventanas, rodeada de muro por todas partes menos por esa puerta de diseño que ahora era una trampa. A través de la bruma del cristal vio su móvil sobre la encimera del lavabo, por supuesto inalcanzable. Pensó: es miércoles y hasta el viernes no llega la asistenta. Pensó: nadie me va a echar de menos, ni siquiera Dolores; como mucho, y por motivos laborales, Santos Aramburo quizá se pregunte qué ha sido de mí, pero su inquietud no será tan grande como para venir a mi casa. Siempre tan sola Soledad.

No sabía si reír o llorar, todo era tan ridículo; y en el entretanto empezó a advertir que se le avecinaba un ataque de angustia. Volvió a enfrentarse con la puerta, a darle tirones y patadas, sin conseguir que se moviera ni un milímetro. Inspiró profundamente. Tranquila. Tranquila.

—¡Socorro! ¡Ayuda! ¿Me oye alguien? ¡Me he quedado encerrada en la ducha!

Gritó durante un par de minutos sin obtener respuesta. El edificio tenía cerca de dos siglos y unos muros muy gruesos. Casi nunca se escuchaba a los vecinos, cosa que a Soledad le había parecido una maravilla hasta ese instante. No, no la iban a oír; y, si lo hicieran, sus salvadores la encontrarían desnuda y mojada como un pollo. Qué humillante. Preferiría ser rescatada por la asistenta, pero, claro, faltaban dos largos días para su llegada. Soledad volvió a sentir que se le aceleraba el corazón, que se asfixiaba. Tranquila, tranquila. Tengo agua y no moriré, aunque van a ser unos días espantosos.

Tiritaba de frío, de modo que se volvió a mojar con el agua caliente. De tanto ducharme terminaré arrugada como una pasa, pensó; y recordó con añoranza la tibieza de los brazos de Adam. Qué extraño, se dijo Soledad; la ruptura con el ruso le dolía, por supuesto, y la melancolía se adhería a ella como una espesa melaza. Pero, a decir verdad, el sufrimiento no había sido tan agudo como se esperaba. Incluso sentía una especie de alivio, quizá por haberse podido librar de una relación tan ambigua, tan inquietante. Aunque no, no era sólo eso. Había algo más. Algo que tenía que ver con lo sucedido en el almacén de los chinos. Con el instante en que ella consiguió ver a Adam en toda su precariedad y, compadecida, le quiso tal como era y decidió ayudarlo. Ese momento de rara generosidad se había convertido en otra escena esencial de su vida. Ya no sólo estaba condenada a repetir, o a intentar evitar, el acoso a Pablo: ahora también tenía un minuto de gracia con el que recordarse. Saber que podía comportarse así había limpiado tenebrosos pozos dentro de ella. Le parecía que su joroba de monstruo pesaba un poco menos.

Suspiró; todo eso estaba muy bien, pero seguía atrapada dentro de la ducha, un accidente doméstico risible y sin embargo muy angustioso. ¿Cómo iba a poder aguantar dos días ahí dentro? Volvió a tironear de la puerta con desesperación. Nada. Resopló, cercana a las lágrimas. Tranquila, tranquila. Palpó el pesado e irrompible cristal. Más valía maña que fuerza. Empujó suavemente la hoja con la rodilla e intentó elevarla y descorrerla al mismo tiempo. Percibió una pequeña oscilación, escuchó un clic apenas audible y, de repente, el panel se deslizó con perfecta e ingrávida facilidad sobre sus rieles, como si nunca se hubiera rebelado.

Estupefacta, Soledad se quedó mirando el hueco ahora abierto, el umbral expedito. Dio un paso hacia delante y salió de la ducha. Así de sencillo. Antes todo era tan difícil y ahora era tan fácil: bastaba con dar un simple paso. Se envolvió en una toalla, aterida, y contempló con desconfianza su antigua prisión. Haría que revisaran la mampara y mandaría poner un teléfono dentro de la ducha, como en los hoteles. Eran tan variadas, tan inesperadas y tan innumerables las calamidades que le podían ocurrir a un solitario...

Ahora Soledad se alegraba de haberse obligado a salir a correr. A menudo le daba pereza ponerse las mallas, las zapatillas, la sudadera, y sobre todo tener que salvar los casi dos kilómetros que había entre su casa y el parque del Retiro a través del puro centro de Madrid, atiborrado de gente y de coches. Pero ahora, ya en el parque, su cuerpo se movía con gozosa ligereza. Era domingo, la primavera estallaba, una alfombra de diminutas margaritas adornaba la hierba y los pájaros piaban desenfrenados. Todas las mujeres estaban embarazadas, todos los adolescentes se refrotaban y mordían como si ansiaran estarlo, el aire mismo parecía preñado de vida y feromonas. Mientras pasaba junto a la enésima pareja de quinceañeros que se metía la lengua hasta la úvula, Soledad sintió una vez más un estrujón de pánico, el infinito desconsuelo de pensar que ella quizá ya no se enamoraría más, que ya no se cobijaría en el pecho de un hombre, que no volvería a albergar a un amante en su vientre, que su carne ya no se encendería con otra carne. La última vez que hacías el amor, la última vez que subías a una montaña, la última vez que recorrías al trote el parque del Retiro. El tiempo tictaqueaba inexorable hacia la destrucción final, como una bomba.

Estuvo a punto de chillar, pero, por suerte, se contuvo.

Había muchísima gente en el parque y Soledad se topó con todos los personajes habituales: el vendedor de droga subsahariano que daba miguitas de pan a las palomas, el chico que se recorría el Retiro cada día con una correa en la mano llamando a un perro que no existía, la mulata que de lejos parecía una guapa joven en bikini tomando el sol tan feliz pero que, cuando te acercabas, se desvelaba como una cincuentona vagabunda y probablemente chiflada con todas sus pertenencias metidas en bolsas de plástico. Atardecía y las copas de los árboles se recortaban en negro contra un cielo casi blanco cruzado por electrizantes líneas de fuego. De pronto Soledad sintió que se elevaba, que volaba por encima de esas copas oscuras; que podía ver el parque desde arriba como un pájaro, con toda esa menuda agitación de las personas que lo llenaban, con el tumulto de sus ansias y sus necesidades y sus afectos. Vivimos en una mota de polvo suspendida en un rayo de sol, decía Carl Sagan. El verse a sí misma por un instante dentro del todo, microscópica e igual, la consoló. Le pareció que se libraba de sus ansias, que sus celos se calmaban, que lo contemplaba todo de una manera más leve, más empática. Su examante Mario, por ejemplo; ya no le guardaba ningún rencor, al contrario, lo recordaba con afecto, e incluso estaba segura de que, cuando le dijo que había sacado entradas para ver *Tristán e Isolda* con su mujer, intentaba demostrarle con ello su cariño. Yo también pienso en ti y por eso voy a ir a esa ópera, le estaba queriendo decir. A menudo los hombres eran así de torpes.

Inspiró hondo; en realidad, y para su sorpresa, Soledad llevaba ya unas cuantas semanas sintiéndose inusitadamente amable y tolerante. Esa misma tarde, por ejemplo, cuando salía de casa para correr, se había topado con Ana, la periodista, la vecina de la buhardilla. La chica se le había acercado exultante:

—¡He ganado! ¿Te acuerdas de que te dije que presenté mi novela a un concurso? ¡Lo he ganado! Me publicarán el libro y además me dan cinco mil euros. ¡La semana que viene te pagaré lo que me prestaste, muchas gracias!

Pues bien, ni siquiera eso la había puesto de mal humor. Todo lo contrario. Incluso le dijo:

—¡Qué bien, enhorabuena! ¿Cómo se titula?

—Pues no sé, le puse de forma provisional *El libro de las Anas,* porque son las historias de varias mujeres jóvenes y sus relaciones amorosas que son un desastre y... Pero, claro, es un título horrible, tengo que encontrar otro ya, porque entra en imprenta en unos días.

—Llámalo *Crónica del desamor.* Seguro que le pega —dijo Soledad.

Y a su vecina le había gustado. Debía de ser una porquería de libro, pero se alegraba por ella.

Parte de la magnanimidad que experimentaba Soledad ahora debía de venir del hecho de haber ganado la batalla de la Biblioteca. Rosa Montero llamó un día diciendo que había hablado con la sobrina nieta de Aznárez y que les prestaría para la exposición los textos inéditos escritos por Josefina en el manicomio. Resultaron ser un diario de más de quinientas páginas de una belleza estremecedora;

Soledad había logrado convencer tanto a la sobrina como a Ana Santos Aramburo, y no sólo contarían con el manuscrito en la muestra, sino que la Biblioteca Nacional publicaría una edición especial del diario coincidiendo con la inauguración. Tras lograr un bombazo semejante, Triple A no tuvo más remedio que respaldar a Soledad. Marita Kemp, despechada, renunció. Ahora el arquitecto era Ponce Díaz, un viejo y sensato especialista que ya había trabajado para Soledad en Triángulo. Y todo había sido gracias a Rosa Montero. Después de todo, la periodista quizá no fuera tan imbécil. Por cierto, el título de *Escritores excéntricos* no estaba nada mal. Pero prefería el suyo.

Esa tarde Soledad se sentía bien físicamente, se sentía en forma, estaba corriendo mejor de lo que lo había hecho en las últimas semanas, las piernas eran muelles, los pies no pesaban, el corazón era puro ritmo. ¿Y si se atreviera? ¿Y si se pusiera a escribir una novela? Recordó el chisporroteo en los ojos de Montero cuando hablaba de la imaginación, y envidió esa alegría. ¿Por qué no permitírselo? Sólo tenía que rebajar sus propias exigencias, sus expectativas. Sólo tenía que soltarse y jugar. Lampedusa tenía sesenta años cuando se publicó su primera obra, *El gatopardo.* Bueno, para ser exactos ya no tenía sesenta años, porque murió mientras el libro se estaba imprimiendo, de modo que salió póstumamente y no sólo fue su primera novela, sino también la última. Esa parte no querría imitarla Soledad, pero lo que Lampedusa demostró era que se podía empezar a escribir de mayor. Sí, ¿por qué no? Se sintió llena de excitación y audacia, se sintió en paz con las mujeres escritoras: con Montero, con su vecina Ana... En ese momento estaba pasando por delante de la puerta de la Biblioteca del Retiro, y el destino juguetón hizo que su mirada cayera en los carteles que ya llevaba viendo más de dos semanas y que anunciaban una mesa redonda con tres novelistas jóvenes, Lara Moreno, Vanessa Montfort y Nuria Labari, las tres treintañeras, guapas y buenas escritoras, las tres riendo llenas de vida en sus retratos. Y de pronto una nube negra se abatió sobre Soledad y las odió, ah, cómo las odió, y cómo envidió su juventud, su belleza y su talento. El estado de beatitud se evaporó de golpe y el rencor rugió de nuevo dentro de su pecho como un tigre. En fin, en eso seguía sin mejorar. Dejaría lo de superar los celos de las escritoras para su próxima reencarnación; en esta vida no podía arreglar tantas cosas. Pero, por lo menos, intentaría redactar una novela. Sería un consuelo, ahora que el amor se había acabado para ella.

El cielo era una hoguera llameante. También podría cambiar de nombre, pensó; podría acortar Soledad y convertirlo en Sol. Un Sol viejo a punto de hundirse entre las sombras como el que había ahora mismo en el cielo, pero aun así encendido y hermoso. El aire se enfriaba y empezó a notar algo de cansancio.

Y, de pronto, la noche.

Pero todavía no, por favor, todavía no.

Alguien le dio un golpecito en el hombro.

—Se te ha caído esto.

Otro corredor, emparejado con ella, le tendía la llave de su casa.

—Vaya, ¿cómo es posible? —dijo Soledad, cogiendo el llavero y palpando la cremallera de la espalda en donde siempre lo llevaba: estaba abierta y había debido de irse saliendo con el trote—. Muchas gracias, menos mal —añadió.

La sonrisa del hombre iluminó la tarde. Alto, fibroso, de mejillas duras, nariz aguileña y ojos azules. Tan atractivo que a Soledad le pareció que una repentina fuerza de gravedad la desplomaba hacia él.

—De nada —dijo el hombre, y con dos zancadas la sobrepasó.

Puede que el lector opine que Soledad debería resignarse, que tendría que madurar e intentar aceptar su edad, como lo hacemos casi todos; y debo reconocer que, en un primer momento, ella misma pensó que esa actitud sería la más sensata. Pero luego se quedó mirando los anchos hombros del corredor, las nalgas musculosas tensándose rítmicamente ante sus ojos. Ah, ese esplendor de la carne. Lo menos debía de tener cuarenta y siete o cuarenta y ocho años, se dijo Soledad; eso era mejor que treinta y dos. Sintió que algo se removía dentro de ella, algo niño y fiero. Era el obcecado empuje de la vida, la loca y patética esperanza levantando de nuevo la cabeza. El cansancio se le había esfumado por completo. Apretó un poco el paso para no perderlo.

Una petición y agradecimientos

Querido lector, quisiera pedirte un favor. Y consiste en que guardes silencio. La tensión narrativa de esta novela se centra en el equívoco de creer que, en la relación entre Soledad y Adam, el potencialmente peligroso es el joven prostituto ruso, mientras que vemos a la madura y reconocida comisaria de arte como una posible víctima. Sin embargo, en realidad es el pobre Adam quien, en todo caso, podría estar en peligro en manos de la obsesiva Soledad. Por eso te ruego que no reveles el pasado acosador de mi personaje ni el hecho de que sea ella quien persigue al gigoló, porque, si se cuenta, se arruina la estructura, el ritmo y el misterio del texto. Muchas gracias.

Quiero agradecerle a Berrocal, mi muso preferido, que me haya proporcionado la pequeña anécdota de la que ha nacido esta novela. Mi querida Ana Santos Aramburo, directora de la Biblioteca Nacional de España, me ha dejado convertirla en un personaje y ha hecho atinados comentarios sobre el borrador. Los estupendos Ana Arambarri y Jesús Marchamalo me explicaron en qué consiste comisariar una exposición. El arquitecto Luis de la Fuente me mandó planos y datos del Santander de finales del siglo XIX y mi amiga Malén Aznárez tuvo la maravillosa ocurrencia de usar el suceso del *Cabo Ma-*

chichaco, razón por la que le di su apellido a Josefina Aznárez, que, por cierto, es el único personaje de toda la galería de malditos que es totalmente inventado y producto de mi imaginación. Todos los demás escritores y todas las cosas que se cuentan de ellos, por muy estrafalarias que parezcan, son la pura verdad. He sacado los datos de los sustanciosos libros *Escritores delincuentes,* de José Ovejero (Alfaguara); *No halagaron opiniones,* de Javier Memba (Huerga y Fierro), y *Desgarrados y excéntricos,* de Juan Manuel de Prada (Seix Barral). Asimismo, he utilizado mis dos libros de biografías, *Historias de mujeres* y *Pasiones,* ambos en Alfaguara, que a su vez se apoyan en varias decenas de obras cuyas referencias se dan en mis textos.

La frase «La araña en el centro de la maraña» está sacada de la nota que dejó la poeta Alejandra Pizarnik cuando se suicidó. El texto original decía: «Y, en el centro puntual de la maraña, Dios, la araña», y está inspirado a su vez en un poema de Borges. La cultura es un palimpsesto.

También quiero agradecer los consejos y las ideas que me han dado Myriam Chirousse, Juan Max Lacruz, Antonio Sarabia, José Manuel Fajardo, Carme Riera, Maitena Burundarena, Enrique de Hériz y Carlos Franz. Me animaron y ayudaron Isabel Oliart, Gabriela Cañas, Marina Carretero, Lorena Vargas Tortosa, Alejandro Gándara y Nuria Labari. Gracias especiales a Pilar Reyes, que es todo un lujo de editora. Y, por supuesto, a M. B., que me habló generosa e inteligentemente de su oficio.

Este libro se terminó
de imprimir en
Barberà del Vallès,
Barcelona, en el mes de
noviembre de 2016